神戸25メートルの絶望

西村京太郎

角川文庫
22670

目次

第一章　日本の異国

1

東京の旅行会社、ジャパントラベルに勤務する太田《おおた》和恵《かずえ》、二十五歳は「日本の異国」という新しい旅行プランを考え、それが採用されて、今回、参加する六人の男女のグループを案内することになった。

現在、小グループのリッチな旅行が、一つのブームになっている。今回の「日本の異国」という旅行も少人数で、利用する乗り物もデラックス、ホテルもデラックスというのが、売り物である。

和恵が考えた旅行プランは、次のようなものだった。

五人から十人までの少人数での旅行で、コンセプトは、日本の中にある異国を旅するものであった。

今回、その異国は、神戸《こうべ》である。そして、有馬《ありま》温泉で疲れをいやして帰京する。

神戸には、明治のはじめから、異人館街があり、居留地がある。中華街もある。

そして、大阪にも寄り、この水の都を、水陸両用タクシーで、水の上から見物する。

日程はきついが、神戸、大阪、有馬に各一泊する旅行である。

第一日は、神戸のベイエリアの超高層ホテルに泊り、明日に備えて市内を軽く見て廻《まわ》る。ホテル近くのフランス料理店で夕食のあと、ホテルで開催されている、東洋一といわれる一流のショーを見物する。

二日目は本格的な神戸の観光である。この観光には神戸に数台しかないというベンツのリムジンを、三台用意し、一台に客二人と、アテンダントが乗り込む。

三日目は、水陸両用タクシーに乗った後、有馬温泉へ、向かう。

費用は、全てで、一人百万円。旅行の最終日には、十万円相当のゴールドの記念品が贈呈される。

　これが、太田和恵の考えた、旅行プランだった。

当初、定員いっぱいの十人ぐらいの客は、楽に集まるだろうと思われたが、結局、応募者は六人しかいなかった。

　その六人の名前と職業が、太田和恵のノートに記入された。

白石勝敏《しらいしかつとし》、六十歳。三十五年間、東京都内の銀行に勤めていて、定年退職した。二年前、妻は病死、現在独身。

小林誠《こばやしまこと》、二十五歳。ＩＴ事業で成功。二十五歳の若さで、小林ＩＴ産業の社長になっている。

加藤博之《かとうひろゆき》、五十五歳。東京・大田《おおた》区で革製品を製造する小さな工場を経営している。

加藤幸子《さちこ》、加藤博之の妻、四十九歳。

真下《ました》みどり、四十一歳。自営業。といっても、北千住《きたせんじゅ》で、小さなクラブの経営をしている。

同じく、真下はるか、二十三歳。真下みどりの娘。大学生。

この六人である。

四月二日、東京を出発して、四月五日に帰京することになっている。二日は神戸に宿泊。三日は大阪、四日は有馬温泉に。その間の移動に使う車は、ベンツのリムジンが三台である。

一号車には、白石勝敏と小林誠の二人。

二号車には、加藤博之、幸子の夫妻。

三号車には、真下みどりとはるかの親子。

午前九時、東京駅八重洲《やえす》口で、待ち合せによく利用される銀の鈴広場に集合、コンコース内のティルームで、全員が、自己紹介をする。

このあと16番線ホームから出発する10時10分発の「のぞみ25号」の9号車グリーンに乗車。

この六人に、ジャパントラベルから、太田和恵の他に、あと二人、行方《なめかた》美由紀《みゆき》と奥《おく》野《の》樹里《じゅり》のいずれも二十五歳のアテンダントが同行する。

12時58分新神戸着。

神戸の南京街で、一番古いといわれる中華料理店から迎えの車が来ていて、それに乗って、少しおそい昼食をすませる。

昼食がすんだ時を計算して、これも予約しておいた三台のベンツが迎えに来た。前もって、それぞれの車に乗る客の名前と、アテンダントの名前を書いたものが渡されていたので、スムーズに、乗車になった。

太田和恵が添乗する一号車には、個人で参加した白石勝敏と、小林誠が乗車する。

六人の経歴を前もって、提出して貰《もら》っているが、大事なお客なので、経歴について、和恵の側から調査などはしていない。全て、向うのいうことを、信用しての旅行だった。

白石勝敏は、三十五年間、実直に銀行勤めをして、六十歳の定年になっている。自己紹介によれば、二年前に、妻を病気で失い、現在は一人暮らしである。

「長男夫婦がいるのですが、一人の生活のほうが、気楽でいいんですよ。それに、私は、まだ六十歳ですからね。日本人の平均寿命によれば、男の場合は七十九歳ですから、あと約二十年は、生きることになります。銀行勤めをしていた時は、とにかく仕事一筋で、絵に描いたような模範行員でしたから、趣味らしい趣味もなく、ろくな楽しみもありませんでした。だから、これからは、こういう旅行を、楽しみたいと思っているんですよ」

白石は、車の中で、和恵に、そんなことをいった。

もう一人の小林誠は、六十歳の定年で銀行を辞めた白石勝敏に比べて、いかにも若い。まだ二十五歳だが、大学時代に起業したＩＴ産業で成功し、社員二十人足らずの小さな会社だが、現在は、そこの社長を務めているといい、年商は十六億円だという。

白石は、その小林を見ながら、

「二十五歳というその若さで社長なんて、素晴らしいものですね。私は、六十歳で定年になったんですが、その時は、ただの課長でした」

と、いって、笑った。

「小林さんには、結婚のご予定はないんですか？」

和恵が、きいてみた。

「三十歳を過ぎたら、結婚しようと思っていますが、今は仕事で精一杯ですから、それどころではありません」

と、小林が、いう。

「でも、今、つき合っている女性は、いるんじゃありませんか？　その若さで、IT産業の社長さんなら、モテるに、決まっているんだから」

と、白石が、いった。

「たしかに、つき合っている女性はいますが、今のところ、結婚するつもりは、全くありません」

「ところで、あなたのほうは、どうなんだ？　さっきの、自己紹介の時、まだ独身だといっていたが」

白石が、和恵を見た。

「私も小林さんと同じで、今は仕事が面白いので、結婚する気が起きません。でも、もし、いい人が現われたら、突然、結婚するかも知れません」

和恵が、笑いながらいうと、白石は、

「最近の若い人に、結婚願望がないというのは、困ったものだ。ますます、子供が少なくなる」

「白石さんは、どうだったんです？　僕の年齢《とし》には、もう結婚されていたんですか？」

　小林が、きく。

「僕は、二十四歳で結婚しましたよ。子供を作って、孫もいる。僕なんかの世代では、当然ですがね」

「明日は、本格的な神戸の異国観光になるので、今日は、車の中から市内の主な場所を、見て貰うことになります」

　和恵がいうと、白石は、ジャパントラベルが作成したパンフレットに眼をやって、

「私としては、神戸のいいところだけじゃなくて、マイナスの部分も見たいね」

「マイナスの部分ですか？」

「大震災で、壊滅的な打撃を受けたわけだからね。新神戸駅から、ここまで、街はきれいになっていて、何の傷も見えないけど、本当は、震災の痛手は、残っているんじゃないか。そんなところも見たいと思っているんです」

　と白石が、自分の主張を口にした。

　和恵は、肯《うなず》いて、

「よくわかります。今回の旅行は、神戸の中の異国探訪ですが、神戸である以上、十五年前の大震災は避けて通れません。その点も、皆様の眼で、確認して下さい」

三台のベンツが、出発した。

それぞれの車には、二人の客と、和恵たちアテンダントが、一人ずつついている。

三人とも、神戸の生れ育ちではないから、十五年前の阪神淡路《はんしんあわじ》大震災の経験はない。

しかし、三台のベンツの運転手は、いずれも四十代、神戸の生れ育ちで、震災の体験もあるから、それぞれの立場で、お客の質問に答えてくれるだろう。

一行は、まず、三宮《さんのみや》駅に向った。

震災の時、高架だったこの駅は、ホームが沈んでしまって、列車が止まってしまった。そこで、ジャッキでホームを持ち上げ、何とか列車を通す方向での駅の再建が連日、テレビで報道された。

もちろん、今は、あの痛々しい姿はなく、何事もなかったように、列車が通って行く。

二番目は、もっとも、人々に衝撃を与えた高架道路の崩壊箇所である。

ハイウェイは、地震に強いといわれていたが、神戸の場合は、支柱が、まるで将棋倒しのように、次々に倒れてしまった。

今は立ちあがらせているが、補強した部分が、そのままわかってしまい、部分的に支柱が太かったりしている。

完全に、新しくするには、金が、かかりすぎるのだろう。

仮設住宅は、すでに消え、そこに住んでいた人々のために建設された高層マンションにも、案内された。

どこも、きれいになってしまっている感じだが、三号車に乗っていた真下みどりが、

「今まで、見たところは、完全に復旧したところばかり。そうじゃない場所もあると思うの。あたしの住んでいたところがそうだったから。そこも案内して貰いたいわ」

と、要求した。

三台のベンツの間で、連絡がとられ、神戸の暗の部分を見て廻《まわ》ることになった。

神戸の中心街は、復旧に合せて、電柱を取りのぞき、電線、ガス管などを、地中に埋めて、すっきりした。

ところが、幸か不幸か、震災でも建物は倒れず、火災にも遭《あ》わなかった場所は、電柱がそのままというより、傾いたままになっている。

「向うのビルを見て下さい」

と、一号車で、運転手が、客の白石勝敏と、小林誠に、説明する。この説明は、無線で後続の二号車、三号車の車内にも聞こえていた。

「七階建のすっきりしたビルに見えるでしょう。でも、あのビルは、震災前は、十階建だったんです。それが、震災で三、四、五階が、潰《つぶ》れてしまったんです。元の十階建にするには、新築するぐらいのお金がかかるので、今は七階建のビルにしてしまっ

ているんです。神戸市内にはこんなビルが、いくつもあります」

車をとめて、説明すると、六人の客は車からおりて、写真をとる。

そのあと、橋の上で、突然、車が止まった。

車を止めたのは、三号車の真下みどりだった。何事だという感じで、他の車の乗客が、おりると、みどりが、大声で、話した。

「私のクラブは、この川の向うの雑居ビルの中にあったのよ。震災で、火事になって、この川で、その火事が止まった。もし、あたしの店が川のこっち側にあったら、今だって、あたしはここで店をやってた。たまたま、川の向うにあったので、火事で焼けて、ビルも建たなくて、仕方なく、東京に逃げたのよ」

「みんな神さまのおぼしめしですよ」

と、二号車の加藤幸子が、いった。

「ええ。だから、私は、あの震災のあと、宗教に入ったのよ」

みどりがいった。

三台のベンツが動き出した。

「次は、神戸で、一番復旧が、おくれている場所に、ご案内します」

和恵の説明のあと、向ったのは、神戸の長田《ながた》区だった。

車が、長田区に入って行くと、誰の眼にも、他の地区との違いが、わかった。

金網で囲まれた小さな空地が、やたらに、眼につくのだ。

それに、狭い道路。

「前はもっと、道路が、狭かったんです。それで、震災で火事になったとき、消防車が入れなくて、被害が大きくなりました」

と、一号車の運転手が、説明する。

「復旧がおくれているのは？」

と、白石がきく。

「この長田地区は、中小企業が多くて、それに、靴の製造業者が多かったのです。ゴム草履《ぞうり》の製造では、大きな占有率でした。しかし、震災の直後、中国の安い靴や、ゴム草履が、どっと入ってきて、二重に痛めつけられてしまったんです。それで神戸で、一番復旧がおくれているんです」

「土地が、金網で囲ってあるのは、なぜなんですか？」

「今もいうように、お金がなくて、ここに戻れない人がいるんです。消息がつかめない方も多いんです。その人たちの土地は、神戸市が、預かっている形になっています。空地にしておくのは、もったいないし、あまりいいものじゃないので、臨時的な建物は作ってもいい。ただし、土地の持主がわかったら、撤去することになるんです」

「やっぱり、お金なのよ！」

と、みどりが、大きな声を出した。

「お金さえあれば、すぐ立ち直れるの。お金がないと、どんなに努力しても駄目！」

最後に向ったのは、ベイエリアだった。

埋めたて地で、今回の震災の時、典型的な液状化現象を起こし、コンクリートの岸壁は、破壊された。

今、破壊された岸壁は、そのまま、保存され、記念碑が作られている。

「明日は、この旅行の目玉である異人館街に行きます。昔も今も、ここは、美しく、異国情緒にあふれているので、自由時間を用意していますので、ゆっくり、お楽しみ下さい」

と、和恵が、いった。

ホテルに着くと、チェックインをすませたあと、各人は、それぞれ、自分の部屋に入り、二時間ほど休んでから、ホテル近くのフランス料理の店で、夕食になった。

こちらも、神戸で最も古いフランス料理店で、個室が用意され、一流のシェフを独占した形での食事になった。

年代物のワインも用意された。

六人とも、酒に強く、ご機嫌な夕食になった。

この席でも、真下みどりは、自分の方から、震災のことを話し始めた。

「あの頃、よく、この店にも来てましたよ。あの頃と、味が変らないから偉いわ」

みどりがいうと、小林が、彼女に向って、

「真下さんにお聞きしたいんですが、やっていたお店が焼けてしまって、それで東京に行き、今回の旅行に参加するまで、神戸には一度も帰っていないと、おっしゃっていましたね？」

「ええ、そうなの」

「その間、どうして、一度も神戸に帰らなかったのですか？」

「あの震災の時、私のやっていたクラブも全焼してしまいましたけど、周りの家屋も全部焼けて、お店に来ていただいていたお客さんの中には、亡くなってしまった方が、何人もいらっしゃったんですよ。そのことが、いつまでも気持ちの上で痛みになっていて、神戸に帰るのが怖かったんですよ」

と、みどりが、いった。

小林は、真下みどりの娘、女子大生のはるかに対しても、

「あなたは、震災の時は、小学生でしたよね？　すごく怖かったんじゃありませんか？」

「ええ、私は小学生でした。住んでいた家が崩れてしまって、その火事で、あの時は、死ぬかと思いました」

「お母さんと、よく離れ離れになりませんでしたね？」

「地震が起きたのが明け方で、まだ学校に行く前だったんです。もし、学校に行っている時に、地震が起こっていたら、学校も倒壊しましたから、母とも別れ別れになってしまっていたかもしれませんけど、そうならなかったのが、幸いでした」

　はるかが、いうと、その言葉を受けるかのように、母親のみどりが、

「あの時は、それだけが救いでした。私の知り合いの中には、親子や兄弟が、別の場所で地震に遭って、片方が亡くなってしまったという、そういう人も多かったんですよ。あれから十五年経っても、そういう人と会うのが怖くて、辛《つら》いんです」

　と、いった。

「私は、神戸の震災には遭っていないんですが」

　現在、小さな工場の社長をやっているという加藤博之が、口を挟んだ。

「今回、たまたま神戸に来たので、できれば、震災の時の様子も知りたいですね。当時の写真なんかは、あるんですか？」

　と、みどりに、きく。

「家が倒壊して、その上、火事になってしまいましたから、昔の写真なんか、一枚も残っていないんですよ。今になってみると、そのこともとても悔しいんですよ」

　と、みどりが、いった。

和恵は、旅行の時にいつも持ち歩いているカバンの中から、二冊のアルバムを取り出した。

「このアルバムには、震災直後の神戸の様子を撮った写真が収めてあります。ひょっとして、神戸の震災は、自分には、全く関係がない出来事だから、そんなものは見たくないという方がいらっしゃると困ると思ったので、今までお見せしなかったのですが、興味があるとおっしゃる方は、今からこれをお回ししますから、ご覧になってください」

　そういって、和恵は、二冊のアルバムを二手に分けて、時計回りと反対回りに回してもらうことにした。

　一九九五年の一月十七日に起きた震災は、六千五百人近い死者が出、負傷者は四万四千人、全壊家屋十万五千戸という大惨事になった。

「私なんかは、東京に住んでいますが、次に来る大きな地震は、関東大震災のような東京直下型の地震で、それで東京がやられるか、それとも、東海大地震で、東京が大きな被害を受けるか、そのいずれかは分かりませんが、少なくとも近い将来、東京に大きな地震が来ることは、まず間違いないと思っているんですよ。それで、ぜひ、阪神淡路大震災が、果たしてどんなものだったのかを、知っておきたいのですよ」

　そういって、加藤は、回されてきたアルバムを、熱心に見ていた。

和恵には、それが不思議だった。

東京駅のティルームで、自己紹介したとき、真下母娘だけが、神戸大震災の体験者だといい、他の四人は、関係のないような顔をしていたのである。

それが、神戸に着いたとたん、全員が、大震災について、関心があるような態度に変ってしまった。

そこに、何か、わざとらしさを感じてしまうのである。

食事のあと、ホテルのホールで開催されている「東洋一」というショーを見物した。

こちらも、最上等の席が用意され、飲み物はサービスだという。

一日目が終って、自分の部屋に戻った和恵は、疲れ切ってしまった。

それでも、本社への報告書を書かなければならない。

「本日東京からお客様六人をご案内して、無事、神戸に着き、現在ホテル神戸に入っています。

東京10時10分発『のぞみ25号』で新神戸に着き、こちらでのベンツのリムジンによる一日目の市内見物も無事にすみ、皆様大変、満足していらっしゃいました。

明日は、本格的な神戸の『日本の異国』観光を、楽しんで頂こうと思っております。

六人のお客様は、全員元気で、体の不調を訴えている方はいらっしゃいません。

『日本の異国』観光責任者

太田和恵」

2

翌、二日目。四月三日。

ホテルで朝食をすませると、すぐ、出発した。

異人館街に行く前に、一行は、旧居留地に向った。

レトロのビルが並ぶ一角で、ある意味、ここも異国の空気がある街である。

明治のはじめ、神戸港が開港されると同時に、外国人居留地が造成された地区である。レトロ調を楽しむために、街路灯は、昔のガス灯に似せて造られていたりする。

ここには、日本真珠会館もある。

「日本の真珠の値段は、この神戸で決められていると、いわれます」

と、和恵が、勉強した知識を紹介した。

このあと、元町《もとまち》商店街の入口で、車をおり、商店街を歩いたあと、昼食に、明石《あかし》のたこ焼きを食べることにした。

一人前六百円と安く、ゴージャスとはいえないが、一行の中から、大阪のたこ焼きとは違う明石のたこ焼きを食べたいという要望が、出たからである。

有名な店らしく、やたらに、客が入ってくる。

「明石のタコは、大阪に比べると、足が太いので、おいしいんですよ」

と、店の人が自慢する。

このあと、いよいよ、北野《きたの》地区の異人館街に向かった。

元町の商店街を出て、高台にあるのが、異人館街である。

横浜の異人館も、坂の両側に広がっていたが、ここも同じだった。

日本語、英語、イタリア語、韓国語、中国語と、表札の字も、看板の字も入り乱れている。

途中で、結婚式にぶつかった。

ここに住む外国人の結婚式かと思ったが、日本人同士の結婚式だった。

ここには、教会もあるので、希望者には、結婚式も、あげさせてくれるのだという。

和恵が案内したのは、十七の異人館が公開されている中のイタリア館だった。

大正初期の建築だという。

執事スタイルの日本人が、館内のさまざまな貴重品を、説明してくれる。藤田《ふじた》嗣治《つぐはる》の絵もあった。

小さなプールのある中庭で、和恵は、ケーキと飲物を頼んでから、六人の客に、異人館の案内パンフレットを配った。

「今、一時半なので、四時まで、自由時間にします。ここには、駐車場がありませんので、四時になったら、ここに、ベンツが来ることになっているので、それまでに、ここに戻って来て下さい。パンフレットにあるように、ここ以外に、十六館が公開されていますが、どの館も楽しいですから、一館に時間をかけてしまうと、午後四時までに、戻れなくなりますから、注意して下さい。それから、何かアクシデントがあったときは、私たち三人の誰かに連絡して下さい。私たちのケイタイの番号は、パンフレットに書いてあります」

六人は次々に、イタリア館を出て行った。

和恵たち三人は、ここに腰を落ちつけて、午後四時まで、待つことにした。

和恵は、白石には、今は仕事で精一杯だといったが、実際には、恋人がいた。同じジャパントラベルの、社員である別所信介《べっしょしんすけ》である。今、別所は、二十八歳、大阪支店にいる。

二人の同僚アテンダントには、「ちょっと、トイレに」と、いって、別所に、電話した。

「今、神戸の異人館」

と、和恵が、いうと、

「うまくいってるかい？」

「ええ」

「こちらも、順調だよ」

「早く、会いたいわ」

と、和恵がいったとき、行方美由紀の声が聞こえた。

和恵は、あわてて、電話を、切った。

美由紀が、近寄って来て、

「今、真下みどりさんから、電話があって」

「それで、何ですって？」

「彼女が神戸で、お店をやっていた頃、お金持ちの常連さんがいたんですって。その人と連絡がついたので、会うことになった。それで少しおくれるかも知れないって」

「どのくらい、おくれるんですって？　ここのイタリア館は、十七時閉館なんだけど」

「それは、私がいったわ。四時半までには、戻りますって。そのあとは、問題なし？」

「ここから先の移動は、全部、ベンツだから、問題ないわ」

と、和恵が、いうと、美由紀は、急に、声をひそめて、

「あの母娘、大丈夫なの？」

と、きく。

「何が？」

「今回のプランは、リッチな旅行が、売り物なんでしょう？」

「ええ」

「あの母娘、リッチには、見えないんだけど」

美由紀が、いっているところに、奥野樹里も、加わった。

「私は、参加料として半分の五十万円を頂いてるから、安心してるんだけど――」

和恵が、いうと、樹里も、

「それに、母親が持ってるハンドバッグは、エルメスで、娘さんのは、カルチェだわ」

「精巧に出来たニセモノかも知れないわよ」

と、美由紀が、いう。

「大丈夫よ」

と、和恵が、きっぱりといった。が、そのあとで、

「私は、他のことで、気になってることがあるの」

「例の手紙のことでしょう？」

と、美由紀が、きく。

「ええ」

と、和恵が肯《うなず》く。

このツアーの募集を始めてから、しばらく経った時、会社に、一通の手紙が届いた。

「私は十五年前、阪神淡路大震災で家を失い、その後、東京に避難し、以後東京で暮してきた。出来れば、神戸がどう立ち直ったのか、ぜひ、この眼で見たい。震災の時の模様や、復興した現在の神戸のことなど、説明してくれればありがたいと思っている」

これが、その手紙である。

今回、参加している六人の中の一人が、この手紙の主だと、和恵は思っている。

手紙は、パソコンで書かれ、名前は記入されていなかった。

ただ、この手紙のせいで、神戸旅行では、十五年前の震災はさけて通れないと、思ったのである。

そこで、和恵は、自分を含めて、三人のアテンダントと、阪神淡路大震災について、勉強することにしたのである。

「昨日、東京駅に集合して、コンコースの喫茶店で、お茶を飲みながら、お互いに、自己紹介したでしょう」

と、和恵は、声に出して、いった。

「あの時、震災の時、神戸にいたといったのは、真下さん母娘だけだった」

「確かに、そうね」

樹里が、肯く。

「でも、会社に手紙を送ってきたのは、文章から見て、男性だと思ってるの」

と、和恵は、いった。

「でも、今の若い女は、男みたいな文章を、書くわよ」

美由紀がいう。

「そうだとしたら、娘のはるかさんということになるわ。母親のみどりさんは、四十一歳だから」

「二十三歳だとすると、十五年前の震災の時は、八歳ね」

「小学三年生」

「八歳だった娘が、十五年前の大震災の時のことや、現在の神戸の復興ぶりを知りたいなんていう手紙を、送ってくるかしら？」

「もし、あの母娘が、手紙の主じゃなかったら、どういうことになるの？」

「手紙の主は、他の四人の中にいることになるわ。しかも、手紙では、震災の時の模様や、今の神戸の復興ぶりを知りたいと書いている。それなのに、四人とも、震災の時に、神戸にはいなかったと、いってる」

「それが、気になってるわけね？」

「そうなの。でも、四人に向って、嘘ついているでしょうとか、震災の時、神戸にいたでしょうとか、聞くわけにもいかないのよ。一人、百万円も払って下さる大事なお客さんだから」

と、和恵は、いった。

昼頃は、陽差しが強く、むし暑かったのだが、この時間になると、風が涼しくなってきた。

3

午後四時近くになって、最初に、イタリア館に帰って来たのは、白石勝敏だった。

「私が一番ですか？　一番おそいのではないかと思って急いで、帰って来たんですがね」

と、いって、白石が、笑った。

次に二十五歳の小林が、戻って来た。四時ジャストになっている。

「実は、三十分前に、一度、戻ったんですが、午後四時というのを思い出して、この近くを、散歩して戻って来たんです」

と、小林は、いう。

午後四時三十分をすぎて、真下母娘が、戻った。

「すいません。おそくなってしまって」

と、真下みどりが、和恵に、いう。

「すぐ、車を呼んで下さいね」

「まだ、加藤さん夫婦が、戻っていないんですよ」

と、和恵が、いった。

「本当ですか？」

「ええ」

「どうしたのかしら？」

和恵は、加藤夫婦の携帯電話の番号を聞いていたので、その番号にかけてみた。

しかし、連絡がつかない。

呼んでいる気配がない。電池切れなのか、こわれてしまったのか。

午後五時。閉館の時刻になってしまった。

和恵は、三台のベンツを呼び、車で、異人館街を離れ、三宮駅近くの「ミント神戸」に入った。

このビルには、駐車場が完備していて、三台のベンツを駐《と》めておけるし、二階には

「ルバタクラン」というニュースタイルのカフェがあり、二十二時まで、やっていたからである。

ここに、腰を落ちつけたあとも、和恵は、加藤夫婦の携帯電話に、かけ続けた。が、いっこうに、かからない。

午後六時に近くなった。

和恵は、行方美由紀と、奥野樹里の二人に、

「夕食の神戸牛の店を六時半に予約しているから、あなたたちが、案内して、先に行っていて。私はここで、もう少し加藤さん夫婦を、待ってみるわ」

「今日中に、大阪へ行くんでしょう？」

「ええ。夕食がすんでも、加藤さん夫婦が戻らなかったら、あなたたちは、そのまま、大阪へ車で行って、ホテルに、チェックインして下さい」

白石勝敏、小林誠それに真下母娘の四人は二台のベンツに乗り、それに美由紀と樹里が同乗して、神戸市内の真ん中にある神戸牛のステーキ店に、先に行かせた。

それでも、加藤夫婦からの連絡はない。

和恵は、カフェを出ると、三台目のベンツに乗り込み、運転手に、

「神戸市の警察署知っていますか？」

と、きいた。

「ええ、知っていますが」

「じゃあ、そこにやって下さい。こうなったら、警察の力を頼って探してもらうことにするわ」

と、和恵が、いった。

和恵の乗ったベンツは、神戸警察署に向かった。

神戸警察署の生活安全課に行くと、和恵は、出てきた担当者に、東京のジャパントラベルの名刺を渡して、加藤夫妻がいなくなった事情を説明した。

「昨日、東京から六人のお客を案内して、こちらに参りました。今朝、神戸市内を観光した後に、北野の異人館街を見て歩くことにしたんです。四時に集合ということにして、そこでいったん解散して、皆さんそれぞれ勝手に、散策してもらいました。ところが、時間が来て、ほかの方は全員戻ってきたんですけど、加藤博之さんと幸子さんというご夫妻だけが、いつまで経っても戻ってきません。さらに一時間待ったんですけど、どうしても、戻ってこないんですよ。携帯電話の番号を、教えてもらっていたので、何回もかけてみたんですけど、電池切れか、それとも、電波の届かないところに行ってしまったのか、全然通じないのです。それで、警察の方に、探していただこうと思い、こちらに伺ったというわけなのです」

和恵は、加藤博之夫妻の名前と携帯電話の番号、それから、夫妻の特徴などを、生活安全課の担当の警官に説明した。

「加藤博之さんと、奥さんの幸子さんですが、この人たちは、ほかの人たちと一緒に、東京から神戸に、観光にいらっしゃったんですね？」

「ええ、全部で六人で、昨日、こちらに参りました」

「ところが、異人館街を見て回っているうちに、行方不明になってしまった。約束の時間になっても帰ってこないし、携帯も繋《つな》がらない。そういうことですね？」

「ええ、そういうことです」

「この加藤さん夫妻ですが、以前、神戸に住んでいたということはありませんかね？」

と、警官が、聞いた。

「震災の時に、神戸にいたことはないと、おっしゃっていました」

「そうですか、もし、神戸に住んでいたことがあるとすると、知り合いの家があって、そこを訪ねていったということも考えられますからね。それで、話が弾んでしまって、集合の時間を、忘れてしまったということもあるかもしれませんが、神戸に住んでいたことはないと、本当に、そういっているのですか？」

「本人はそういっていますが、ひょっとすると、震災の時に、神戸に住んでいらっしゃったのかもしれません」

と、和恵が、いった。

警官は、エッというような顔になって、

「それは、どういうことなんですか？　問題のご夫妻は、今、東京に住んでいらっしゃるんでしょう？」

「ええ、そうなんですが、震災の時に神戸にいらっしゃったかもしれないのです。そういうことも、考えられる、ご夫妻なんです」

と、和恵が、いった。

「だとすると、私がいったように、あの北野地区に、昔の知り合いが住んでいて、そこを訪ねていって、話し込んでしまっているのかも、しれませんね」

「その点も、こちらで調べていただけますか？」

「分かりました。調べてみましょう。北野地区に住んでいる方の名前は、全部分かっていますから」

と、警官は、いってくれた。

4

生活安全課の警官二人が、北野地区に住む人たちに、二人がかりで電話をかけまくり、相手が出ると、東京から加藤博之、幸子という夫妻が、訪ねていかなかったかと、聞いた。

それを繰り返していったのだが、一向に、加藤夫妻の消息は、つかめなかった。

電話に出ても、返ってくるのは、そういう夫妻は、知らないという答えばかりである。

そのうちに、だんだんと周囲が暗くなってくる。

「この加藤夫妻ですが、どうやら、北野地区に住む知人や友人を訪ねていったのではないみたいですね」

と、警官が、いった。

「こうなると、あとはどこを探したらいいのか、分からなくなってきますが」

「この加藤博之、幸子というご夫妻は、どんな人たちなんですか？」

警官が、和恵に、きいた。

「弊社の旅行プランに、初めて参加を希望されたご夫妻で、分かっているのは、東京の北千住で、町工場を経営されていらっしゃる方と奥さんなんです。革製品、主に靴を製造している工場で、不景気の中でも、何とか、黒字経営で、やっているとおっしゃっていらっしゃいました。今回の、日本の中の、異国を訪ねる旅行は、一人百万円と高いのです。ですから、応募された方は皆さん、裕福な方だと、私たちは見ています。金銭問題で、失踪《しっそう》したとは、思えないのです」

「さっき、妙なことをいわれましたね？」

「妙なことですか？」

「加藤夫妻は、震災の時に、神戸にはいなかった。東京で仕事をやっていて、神戸に住んだことはない。本人は、そういっているが、ひょっとすると、震災の時に神戸に住んでいたかもしれない。あなたは、そんなことをいわれましたよ」

「ええ、そういいました」

「なぜ、そんなことを、おっしゃったんですか？」

警官にきかれて、和恵は、会社に届いた手紙のことも含め、これまでの事情を、説明した。

「私は、その手紙の文章を読んで、これは、女性ではなくて、男性の文章だと思ったんですよ。六人の応募者の中に男性は、三人いるのです。私は、その中の一人が、手紙の送り主だと考えました。真下さん母娘は、震災の時に、神戸で、母親がクラブを経営していたと、いっているのです。男の方三人は、いずれも、神戸に住んでいたことはなくて、震災にも遭っていない。そう、いっているのです。私は、くり返しますが、手紙を送ってきたのは、三人の男性の中の、一人だと思っているのです。現在、行方不明になっている加藤博之さんも、その一人になっています」

「しかし、加藤博之さんは、震災の時には、神戸には、いなかった。そういっているんでしょう？」

「そうなんです。それで、困っています」

「もし、この加藤さんが、嘘をついているのだとすると、理由は、何だと思いますか？　それについて、あなたの考えを、聞かせてもらえませんか？」

と、警官が、いった。

「私は、加藤夫妻は、十五年前の震災の時、おそらく、この神戸にいたと思うのです。その時に、何か辛《つら》い思い出があったのではないでしょうか？　それで、二度と神戸には行くものかと思い、今まで、神戸には来たことがなかった。ここに来て、どうしても、生まれ育った神戸に行って、復興した町を、見たくなった。ただ、今まで周りの人間には、震災のことは、知らない。神戸に、住んでいたこともないといっていたので、今さら、本当は神戸の生まれで、神戸で育ったとは、いいにくくなったのかも、しれません。それでずっと、ウソをついてきた。そういうことでは、ないでしょうか？」

「なるほど」

「私は、そんなふうに、考えていますが、それが当たっているかどうかは、自信がありません。もしかしたら、間違っているかもしれません」

和恵は、慎重ないい方をした。

後で、そのことが問題になって、会社に迷惑をかけることになるのが、和恵には怖かったのだ。それに、行方不明の加藤夫妻は、あくまでもお客なのだ。

「それで、あなたは、これからどうするつもりですか？」

警官が、きいた。

和恵自身にも、それが分からなくて、今、困っているのである。

第二章　処　刑

1

四月四日、奇妙な手紙が、都内の新聞社、テレビ局に送られてきた。その文面は、全て同じだった。

「明日四月五日の午後一時。都内千代田《ちよだ》区××三丁目の元千代田区立N小学校（現在廃校）の校庭内において、一人の人間の処刑が行なわれます。

もし、この処刑に興味をお持ちの方は、明日午後一時に、N小学校においでください。

また、処刑される人物を助けたいと思われる方がいらっしゃれば、せいぜい、努力して下さい。

各新聞、テレビなどマスコミと呼ばれる人々へ

処刑人より」

千代田区立Ｎ小学校は、現在、廃校にはなっているが、実在している、学校である。区内の子供の数が、減ったため、二年前に廃校となった。

現在、千代田区が、跡地をどう活用するのか、それを検討している。

この手紙が届いた都内の新聞社、テレビ局などは、ほとんど、単なるイタズラだろうと判断して、これを無視した。

中には、手紙の内容よりも、廃校になったＮ小学校の現状が、どうなっているのかという、そのほうに興味を持って、千代田区役所に問い合わせの電話を、かけてきたり、現在、この小学校がどうなっているのかを写真に撮りに行った新聞社もあった。

区役所のほうは、廃校になったＮ小学校の今後については、現在、考慮中である。どうするかは、まだ決まっていないという呑気《のんき》な返事をするばかりだった。

写真を撮りに行った新聞社の記者は、二年間、廃校のままなので、校舎はかなり傷《いた》んでいたが、広い校庭には、何の変化もなく、それを証明するような写真を、撮って、会社に戻った。

それでも、四月五日昼すぎに、新聞社が一社、テレビ局が一局、問題の千代田区立Ｎ小学校にやって来た。念のため、記者とカメラマンに対して、千代田区立Ｎ小学校に、見に行ってくるようにと、命じたのだ。記者が二人、カメラマンが二人、全部で四人が、千代田区立N小学校の校庭で行われるという、処刑の様子を見に行ったのである。

いつもは、鎖《くさり》で閉じられている校門の扉が、今日は、なぜか、大きく開いていた。中に入ったが校舎にも校庭にも、人の気配はなかった。

ただ、記者とカメラマンの二人が、オヤッと思ったのは、広い校庭に、大きな円が、石灰で描かれていたことだった。

描かれていたのは、半径二十五メートルぐらいの円である。そして、その円の中心に、鋼鉄《こうてつ》製と思われる、高さ二メートルぐらい、直径一メートルぐらいの円筒《えんとう》が立っていた。

「あれは、いったい何なんだ？」

記者の一人が、円筒に目をやりながら、つぶやいた。

それを待っていたかのように、突然、大きな声が、スピーカーを通じて、校庭中に響き渡った。

低い、若い男の声である。

「本日、この校庭に、わざわざ来ていただいた、数少ないマスコミの方々に、まず、ご注意申し上げます。円の中央部に置かれた鋼鉄製の円筒の中には、男が一人、入っています。午後一時から、システムが動き始め円筒の中から、少しずつ空気が抜かれています。正確に七分後に、あの円筒内の空気は全くなくなり、真空状態になります。そうなれば当然、円筒の中にいる男は、死んでしまうことになります。これが、私の考えた処刑です。その七分の間に、男は、自分のやったことを反省してもらいたい。あ、それから一つ、前もって、忠告しておきますが、石灰で描かれた円の中には、絶対に、入らないでください。その巨大な円の下には、至るところに、気化したガソリンの入った、数百という数の薄いプラスチックの、容器が埋められています。もし、誤って、その上から踏みつけた場合は、そのショックで、プラスチックの容器は破裂し、猛烈な勢いで、炎を噴き出すでしょう。プラスチックの容器が、どこに埋められているかは、私も忘れました。もし、あなたに、神のご加護があれば、その地雷を踏むことなく、円の中心の円筒のところまでたどり着き、男を助けることができるかもしれません。しかし、あなたの運が悪ければ、円の中に足を踏み入れた途端、たちまちのうちに、炎に焼かれてしまうことでしょう。

　ですから、皆さんは、円の中心の円筒の中から空気が抜けていくことを、ただ黙って大人しく見守っていていただきたいのです。その途中で、処刑される男が、悲鳴を上げるかもしれません。その悲鳴を、どのように解釈されるかは、皆さんのご自由です。では、これから七分間、処刑が進行するのを見守っていただくことにします」

二人のカメラマンは一斉に、円の中央に置かれた高さ二メートルほどの、奇妙に黒光りする円筒に、カメラを向けた。

記者の一人が、近くに転がっていた石を拾って、それを巨大な円の中に向かって投げた。

その石が、円の真ん中辺りに落ちた。その途端に、そこから猛烈な勢いで、炎が噴き上がった。

新聞記者二人とカメラマン二人は、争うようにして、後ずさりした。

そのうちに、知らせを受けて、新聞社の車やテレビ局の中継車が集まってきた。

それに合わせたように、中央に置かれた円筒の中から、

「助けてくれ」

という男の声が、聞こえた。

男が、繰り返し叫ぶ。

「助けてくれ。このままだと殺されてしまう。何とかしてくれ」

そのうちに、パトカーも駆けつけてきて、バラバラと、警官が降りてきた。

前から来ていた新聞記者に向かって、警官の一人が、大声できく。

「あの円筒の中で、男が助けを求めているのか？」

「そうですよ。悲鳴が聞こえました」

「それなら、どうして、助けようとしないんだ？」

「犯人と思われる男が、警告しているんですよ。石灰で描かれた円の中に、足を踏み入れると、足が地面に着いた途端に、埋められているプラスチック製の、容器が破裂して、中に入った気化ガソリンが、爆発するというんですよ。犯人のいうことが、本当なのか、さっき、試しに、石を投げてみたら、ものすごい勢いで炎が噴き上がったんですよ！」

新聞記者が、いった。

それを聞いた警官の一人が、自分も、石を拾って投げた。

その石が、丸い円の中の地面に落ちた途端に、猛烈な勢いで、炎が噴き上がった。

警官たちも後ずさりした。

「どうしたらいいんだ？」

警官の一人が、忌々《いまいま》しげに、大きな声を上げた。

その直後、スピーカーの声が、再び、校庭に響き渡った。

「今、七分が経ちました。間違いなく、中央の円筒から、空気が完全に抜け、真空状態になりました。これで、処刑は、終わりました。マスコミの皆さん、処刑の立会人になっていただいて、誠に、ありがとうございました。なお、二日後の四月七日、別の場所で第二の処刑を行なう予定にしております。繰り返しますが、本日の処刑は、終了しました」

それだけいうと、スピーカーは、黙ってしまった。

新聞記者たちは、今度は、校舎の中に飛び込んでいった。校舎二階の校長室、そこからマイクに向かって、奇妙な放送が行われていたと思ったからである。

校長室には、予想通り、マイクとテープレコーダー、そして、タイマーが置かれていた。どれもこれも、真新しいものである。

午後一時になると、マイクのスイッチが入り、同時にテープが回転して、まず、最初の説明がある。

それから七分経ったところで、処刑が終了したという、あの奇妙なセリフが、テープからマイク、スピーカーを通じて、校庭に響き渡ったのである。

警官たちが、その機械類を、全て押さえてしまった。それに対して、新聞記者が、抗議した。

「どうして、証拠品を押収してしまうんですか？」

「これは殺人事件なんだ。押収するのが、当然じゃないか？」

警官も、相手に合わせるように、声を大きくした。

「しかし、殺人事件だとは、まだ決まっていないわけでしょう？　さっきのテープがいっているように、あの円筒の中で、本当に人間が死んでいるのかどうか、それを確認するのが、警察がやるべきことなんじゃないですか？」

今度は、記者の一人が、警官に抗議した。

その言葉を聞いて、警官の一人が、すぐ警視庁に連絡を取り、状況を説明した後、爆発物処理班に現場に来てくれるように要請した。

2

二十分後に、爆発物処理班が、現場に到着した。

その間に、テレビ局の中継車が増えていき、警察の動き、あるいは新聞社の記者の動きも、ビデオカメラに収めている。

校庭に描かれた円の中は、まさに地雷原と同じなので、うかつに踏み込むことができず、そこで、巨大な起重機が用意され、警官が、延ばされた長い腕を、伝わって、中央に置かれた、鋼鉄製の円筒に近づいていった。

処刑前の犯人のメッセージによれば、円筒内の空気を徐々に抜いていって、真空にするといった。その言葉を証明するかのように、円筒は、ところどころが凹んで、奇妙な形に、変形していた。

おそらく、中が真空になったので、大気の圧力の関係で鉄製の円筒が変形してしまったのだろう。

その円筒を起重機で、大きな円の外側に運んだ。

爆発物処理班が、変形してしまっている円筒を、慎重に、電動のノコギリで、切り開いていった。

途端に、全身血だらけになった死体が、出てきた。

年齢五十歳くらいの中年の男である。おそらく、円筒の中が真空になった時点で窒息死したに違いない。

その後、押し潰《つぶ》されていく円筒の中で、男の肉体が傷ついたに違いない。たぶん、骨も折れてしまっているのではないだろうか？

死体はすぐ、司法解剖のために、大学病院に運ばれていった。

最初ほとんどのマスコミは無関心だったのに、今、全てのマスコミが必死になって、この事件の報道を、始めた。

この日の午後四時に、中央警察署に捜査本部が置かれ、捜査一課の十津川《とつがわ》警部が、この事件を、担当することになった。

昨日四月四日に、都内の新聞社、テレビ局などに送られていた手紙は、警察が押収し、また、千代田区立N小学校で、犯人と思われる男の声で、処刑を宣言するようなメッセージが流され、七分後には、処刑が終わったというテープが流れた、そのテープも押収されて、捜査本部に持ち込まれた。

現在の状況を、十津川が、三上《みかみ》本部長に、報告した。

「今回の奇妙な事件は、昨日四月四日、新聞社、テレビ局などに、送られてきた手紙によって始まっています。手紙は、パソコンで打たれ、それがコピーされて、各マスコミに送られてきたと、考えられます。最初、ほとんどの新聞社、テレビ局は、この手紙を取り上げることはしませんでした。単なるイタズラだろうと、思ったからでしょう。

結局、犯人が予告した今日四月五日の、午後一時にN小学校に出かけたのは、新聞記者二人とカメラマン二人の合計四人でした。いつもなら、校門の鉄柵《てっさく》に掛けられている鎖が取り外されて、誰もが自由に、校庭まで入れるようになっていました。校庭には、石灰で半径二十五メートルの大きな円が描かれ、中心のところに、鋼鉄製と思われる、高さ二メートルほどの円筒が置かれていました。午後一時ジャストになると、あらかじめ用意されていたテープが回り出し、若い男の声が、スピーカーで校庭に流されました。これから処刑を開始する。中央に置かれた円筒の中には、処刑される男が入っている。これから、その円筒の中の空気を、徐々に抜いていく。正確に七分後に、円筒内の空気は全て抜き取られて真空状態になり、男は死亡し、処刑は終了する。

男を助けようとして、丸い円の中に足を踏み入れると、そこは地雷原のように気化したガソリンを、詰めたプラスチックの容器が、至るところに埋められている。そのプラスチックの容器に接触した場合には、たちまち、火炎が噴き出すから、注意をしろと、テープで警告しているのです。新聞記者の一人が、試しに石を拾って円の中に投げ入れると、途端に、猛烈な勢いで炎が噴き上げたと、いっています。これで、今まで無視していた新聞社の記者たちが慌てて、やって来たり、テレビ局が、中継車を出したりしているうちに、七分が経ってしまいました。またテープが回って、犯人と思われる男の声を、校庭内に響かせたのです。今、七分経った。円筒の中の空気は、全て抜き取られ、真空状態になったので、中の男は死亡した。

これで、予告した処刑は終わるが、二日後の、四月七日に、二回目の、処刑を行なうと。円筒は空気が抜けて、真空状態に、なってしまったので、奇妙な形に凹んでいました。何とか、円の外に運んで、開けたところ、中年の男が、死亡しているのが発見されました。身元はまだ分かっていませんが、現在、大学病院で、司法解剖をしています。ここまでが、事件の状況です。差し当たってしなければならないことは、殺された被害者、中年の男の身元を、確認することです」

「身元が分かるようなものは、何も見つかっていないのかね？」

三上本部長が、きいた。

「凹《へこ》んだ鋼鉄製の円筒の中から発見された時、男は、下着姿でした。腕時計や指輪なども身につけていなかったので、それで、身元の確認が難しいのです。推定年齢は五十歳ぐらいといったところでしょうか？　体つきは頑丈で、手の指は、かなり骨太ですから、頭脳的な仕事に就いていた人間ではなくて、中小企業の社長で、毎日力仕事をしている、そんな男だろうと、私は、考えています」

「そのほかに、何か特徴はないのかね？」

「右手の手の甲ですが、そこに、ヤケドの跡がありました」

「それは、例の校庭には、気化したガソリンを入れたプラスチックの容器が埋められていて、そこから炎が噴き出したんだろう？　その時のヤケドじゃないのかね？」

「いえ、被害者の手の甲にあったヤケドは、かなり古いものだということです。昨日や今日にできたヤケドの跡ではないと鑑識はいっています」

「一つ、質問があるのだがね」

「何でしょうか？」

「処刑するといったり、真空状態にして殺すというようなことをテープで、放送した男だが、それが、今回の事件の犯人だと、思うのかね？」

「ええ、十中八、九、間違いなく、犯人だと考えます」

「それで、想像できるその年齢は？」

「被害者よりは、かなり若い人間だと思われます。テープを聞いた限りでは、二十歳から三十歳くらいだろうと、私は思いましたし、ほかの刑事たちも、年齢については、同感だといっています」

「校庭の真ん中に、被害者が入っていた鋼鉄製の円筒が置かれていたり、校庭を掘って、そこに気化したガソリンを詰めたプラスチックの容器が、いくつも埋められていたんだろう？　それらの捜査は、どうなっているのかね？」

「われわれは、科研の技術者と協力して調べています」

「犯人は、テープの中で、次の処刑は、二日後の、四月七日に行なうと、宣言しているそうだが、犯人が、これを必ず実行すると思うかね？」

　と、三上が、きいた。

「その点は、まだ何ともいえません。わざと、次の犯行を予告しておいて、実際には何もせず、われわれ警察の捜査を、混乱させようとしているのかもしれませんし、予告通り、第二の処刑を実行するかもしれません。どちらかを判断する材料は、今のところありません」

「しかし、われわれとしては、第二の犯行も、犯人が予告通りに実行するものと、思って、それに備えておく必要があるだろう」

「その通りです。私も、四月七日に、犯人が、第二の犯行に走るものと考えて、捜査を進めたいと、思っています。犯人が誰かを殺そうと考えているのなら、何としてでもそれを防いで、第二の犠牲者を出さないようにしなければならないと、思っています」

「今回の事件の犯人だが、なぜ、こんな面倒くさい手段を使って、人を殺したんだろう？　黙って殺したほうが、得なんじゃないだろうか？　これだけ、大げさな仕掛けを作ってしまうと、次の殺人について、実行が、難しくなると思うのだが、犯人の思わくについて、君は、どう、思っているんだ？」

「マスコミを集めて、人が死ぬところを目撃させたり、次の犯行を予告したりするのは、犯人が、人を殺すことには正当な理由があるのだと、思い込んでいるからでしょう。そのうえ、犯人には強烈な自己顕示欲がある。その表れではないかと、思われます。今回も、自分が中年の男を殺したのは、それ相応のわけがあってのことだと、主張したいのではないかと、思うのです」

「しかしだね、具体的な、主張というか、要求は、犯人は、まだ、何もしてきていないのだろう？」

「その通りです。犯人が、自分の行動に対して強い主張を持っている場合には、往々にして、マスコミよりも、事件を捜査している警察に対して、主張をぶつけてくるものなのですが、今のところ、犯人は、警察に対して、何の意思表示も、していません」

と、十津川が、いった。

五時を過ぎて、今度は、兵庫県警の神戸警察署から、警視庁の捜査本部に電話が入った。

かけてきたのは、近藤《こんどう》という警部で、東京で起きた奇妙な殺人事件のことを、まず、口にした。

「大変な事件が、東京で起きたことを知り、担当されているのが十津川さんだと分かって、電話を差しあげました。実は、東京の旅行会社が募集した『日本の異国』というテーマのツアーがあって、全部で六人のお客に対して、旅行会社からは、三人の、アテンダントが、付き添っています。四月二日に東京からやって来て、三日には、神戸に異人館街というのがあるのですが、その中の、イタリア館に入りました。そこで、自由行動にしたのです。六人のお客の名前と、簡単なプロフィールを、これからファックスで送りますので、それをご覧になって下さい。その後で、続きのご説明を、したいと思います」

と、近藤警部が、いった。

すぐに、ファックスが、送られてきた。なるほど、六人の男女に対して、三人のアテンダントがつき、旅行代金は一人百万円と、ぜいたくな旅行である。

近藤警部が、あらためて、説明した。

「その六人のお客の中の三番目に書いてある、加藤博之、五十五歳、妻、幸子、四十九歳、この夫妻が神戸の異人館街で解散し、自由行動になった途端に、行方不明に、なってしまったのです。ほかの四人は、時間内にちゃんと帰ってきたのに、どういうわけか、この加藤夫妻だけが、夜になっても、帰ってこないのですよ。とうとう、旅行会社のアテンダントが、神戸警察署に来て、加藤夫妻について、捜索願を出したんです。一刻も早く探して欲しいというので、こちらの生活安全課でも、全力を挙げて、探したのですが、とうとう、見つかりませんでした。そして先ほど、東京で奇妙な事件が起きた。被害者の男の似顔絵と、身体的な特徴が、今お話しした加藤夫妻の夫の加藤博之に、似ているのです。同行している旅行会社のアテンダントたちも、加藤博之に、よく似ていると、口を揃えていっているのです」

「なるほど。こちらは、男の身元がわからなくて弱っているので、今の話を、大至急確認していただきたいですね」

十津川が、いうと、近藤は、

「分かりました。今からすぐ、新幹線でそちらに、お伺いします。日本の異国というタイトルをつけた、アテンダントにも連絡を取って、同行させます。何か、捜査の参考になることを、彼女が知っているかもしれませんからね」

と、いった。

3

夜中の十一時前には、兵庫県警捜査一課の近藤警部が、問題のツアーを企画し実行したジャパントラベルのアテンダント、太田和恵を連れて、捜査本部にやって来た。

十津川は、太田和恵に礼をいった。

太田和恵が、十津川に名刺を渡した後、六人の客のうち、神戸で失踪《しっそう》してしまった、加藤博之、幸子夫妻の写真を、十津川の前に置いた。

写真を一目見て、十津川は、こちらの被害者と同一人物だと判断した。

「それで、ほかの四人は、現在どうしているのですか？」

と、十津川が、きいた。

「加藤ご夫妻の失踪で、何か重く暗い雰囲気になってしまい、半額を返金するということにして、四日には、ツアーを解散して、皆さんに、東京に、帰っていただきました」

太田和恵が、いうと、それにつけ加えるように、近藤が、

「まあ、ジャパントラベルも本音では、旅行を続けたかったのでしょうが、加藤夫妻の失踪に加え、もし万が一、さらに何か起きたら、会社の存亡に関わると、判断したんだと思います」

と、いった。

十津川は、犯人と思われる、男の声のテープを、聞かせた。

「お聞きのように、犯人は、次に、四月七日に、第二の処刑を行なうと、宣言しているのです。次に加藤夫妻の奥さんのほうを、殺すつもりではないのかと、そんなふうに考えています」

「どうして犯人は、加藤夫妻を、一人ずつ、殺すのでしょうか？」

太田和恵が、腹だたしげに、いった。

「その理由は、分かりません。今のところ、犯人の都合としか、いえません」

「十津川さんは、今回の事件を、どう考えておられますか？」

近藤警部が、きいた。

「刑事たちの間にも、いろいろな考え方が、あって、どれが正しいとはいえませんが、今回のような込み入った方法で、殺人を犯す時には、被害者に対して、よほど強い恨みを、持っているケースが多いのです。それで、こちらからお伺いするのですが、こ

の旅行者六人ですが、どうして、神戸旅行に参加したのでしょうか？　六人とも、現在は、東京に住んでいるようですが」

十津川が、きくと、それにつけ加えて、近藤が、

「太田さんは、今回の旅行について、何か、おかしな点があって、それが、気になっていたといわれたが」

「そうなんです」

と、和恵は、うなずいてから、

「この六人のお客さまですが、この中で、一九九五年の一月十七日に起きた阪神淡路大震災の時に、神戸にいたと、自分からいっているのは、真下みどりさんと、はるかさんの親子だけなんです。真下みどりさんは、大震災の時に、神戸市内で、クラブを経営していて、地震の後の火災で、クラブの入っていたビルが、焼失してしまったんだそうです。仕方なく、東京に出ていって、同じような水商売をやっている。あの大震災がなければ、今も、神戸でクラブをやっていただろう。神戸が、大好きだから。そういっているんです。ほかの四人は、全員、大震災の時には、神戸にいなかったと、いっているんですが、震災の時に、神戸に住んでいた人が、ほかにもいるんじゃないのか？　そんな気がしてきたのです。証拠はありませんが」

「それについては、私たちのほうで、調べましょう。どうやら、全員、東京の住人の

ようですから、こちらのほうが調べやすいでしょう」

と、十津川が、いった。

兵庫県警が調べているのは、加藤夫妻の失踪についてである。近藤警部が、自分の考えを、十津川に、ぶつけてきた。

「こうなると、加藤夫妻は、神戸で何者かに誘拐され、監禁されていたと、思われますね。夫婦は、東京に運ばれ、まず夫の加藤博之が殺された。そういう可能性が強くなったと考えられるので、兵庫県警でも、その線で。そうなると、当然、警視庁との合同捜査になると思うのですが、その時は、よろしくお願いします」

と、近藤が、いった。

二人が帰った後、十津川は、部下の刑事たちに向かって、六人の男女の、名前や住所、年齢、簡単な特徴などを書いたメモを、コピーして配り、

「この中の一人、加藤博之が、今回、東京のN小学校で殺された被害者と、同一人物だと考えられる。この加藤博之夫妻と一緒に、神戸旅行をしていた四人について、調べてほしいのだ。特に、現在は東京に住んでいるが、一九九五年の阪神淡路大震災の時に、神戸に住んでいなかったかどうか、それを、あすの朝から、大至急調べてほしい」

4

翌四月六日の朝になって、東京の大学病院から、司法解剖の結果が、捜査本部に報告されてきた。

被害者の死因は、窒息死だった。

犯人は、高さ二メートルの鋼鉄製の円筒の中に男が入っていて、その中の空気を、徐々に抜いていくので、七分後には、男が死に処刑が終了するといっていたが、その通りになったわけである。

従って、死亡推定時刻は、四月五日の午後一時七分と考えて、まず間違いないだろう。

昼過ぎに、神戸旅行のメンバーのうち、白石勝敏、六十歳の聞き込みに当たっていた西本《にしもと》刑事が、捜査本部に、戻ってきて、十津川に、報告した。

「この白石勝敏は、今年、勤め先の東京都内のT銀行を、定年退職しています。そうすると東京の銀行に、定年まで勤めていたという、そういう感じを受けるのですが、調べてみると、この白石勝敏は、阪神淡路大震災が起きた時には、T銀行の神戸支店に、いたのです。神戸支店が潰《つぶ》れてしまい、行員たちは、各支店に、引き取られたのですが、白石勝敏の場合は、全国のＴ銀行の支店へ、転勤を繰り返しました」

二人目は、日下《くさか》刑事が担当した小林誠という、二十五歳の、若いＩＴ産業の社長だった。若くして成功したとされる、いわば時代の寵児《ちょうじ》である。

「この小林誠、二十五歳が、大学生のとき友人と始めた会社が成功して、今や、その会社は、年商十六億円といわれています。調べてみると、このことは間違いなく、本当でした。ところが、一九九五年一月十七日の大震災の時には、両親と一緒に神戸市内に住んでいたのです。この時、小林誠は、まだ十歳の小学生でしたが、あの震災で両親が亡くなってしまったため、東京に住んでいた叔父の家に、引き取られました。そこで大学まで行き、在学中に友人とＩＴ関係の会社を興して、それで、大成功したわけです」

と、日下が、いった。

「小林誠も、阪神淡路大震災の時には、神戸に住んでいたのか？」

「ええ、そうです。あの時、両親が、死ななければ、たぶん今も、両親と一緒に神戸に住んでいたのではありませんか？」

と、日下が、いった。

問題の加藤夫妻のことを調べに、聞き込みに回った三田村《みたむら》刑事と、北条早苗《ほうじょうさなえ》刑事の二人は、捜査本部に帰ってきて、十津川に報告した。これも、意外な報告だった。

「加藤夫妻は、現在、大田区で、小さな町工場を経営しています。主として革製品、特に革靴などを製造しているのですが、調べたところによると、阪神淡路大震災の時には、加藤夫妻は、神戸市長田区に在住し、現在と同じように、主として革靴を作る町工場を、経営していました。その工場が、地震によって、完全に崩壊してしまって、その上、長田区というのは、神戸市内の中でも復興が一番遅れた地域で、事業の再建が、なかなか進まなかったのです。加藤夫妻は上京し、大田区で閉鎖していた工場を借り受け、今までのような革靴の製造を始めたのです」

「驚いたね。加藤夫妻も、阪神淡路大震災の時には、神戸にいたんだ」

最後の真下母娘については、この二人は、自分から、阪神淡路大震災の時には神戸にいたと、証言しているらしい。東京でもクラブをやっているように、当時も、真下みどりは、神戸の繁華《はんか》街《がい》で、クラブを経営していたという。

この母娘のことを調べたのは、田中《たなか》と片山《かたやま》の二人の刑事である。

「真下みどりは、水商売に向いているのかもしれません。十五年前に神戸から東京に、逃げてきて、同じように水商売を始めて、現在は、北千住で、小さいながらも自分の店を、持っている。やとわれママじゃありません。娘のはるかは二十三歳で、現在は大学生ですが、母親の店は、ほとんど手伝っていないようです」

「真下みどりが、ママをやっているのかね？」

十津川が、きいた。

「かなり繁盛《はんじょう》しているようです。このところ、世の中はかなりの不景気で、水商売の世界でも、うまく行っていない店が、多いようですが、真下みどりの店は、サービスがいいせいか、あるいは、ママのみどりが、男好きする女性のせいなのかは、分かりませんが、常連客も多く、うまく行っているようです。それでも神戸には未練があるようで、いつかまた神戸に戻って、当時の常連客を集めて、盛大に、店をオープンさせたい。そういっています」

「今回の旅行を計画したジャパントラベルのアテンダントの話を聞いたのだが、今回の旅行の参加者の中で、以前、神戸に住んでいたことがあって、大震災にも遭ったと、正直に話していたのは、この真下みどりと、娘のはるかだけなんだそうだが、二人が、ほかの四人のことをどう見ていたのか、それも聞いてみたかね？」

「はい。聞いてみました」

「それで？」

「一行の中に、自分たち以外にも、本当は、大震災の時に神戸に住んでいた人がいるんじゃないかと、そんな気がしていた。真下みどりはそういっていました」

「なるほどね。アテンダントの太田和恵のほかにも、そのことを、疑っている人がいたんだな」

「今後ですが、兵庫県警との合同捜査ということになるんですか？」

と、亀井《かめい》が、きいた。

「昨夜、捜査本部を訪ねてきた兵庫県警の近藤警部は、こういっていた。加藤夫妻は、旅行先の神戸で何者かに誘拐され、監禁されて東京まで運ばれ、そこで、殺された可能性が高い。そう見ているので、当然、兵庫県警とウチとの合同捜査になるだろう。近藤警部は、そういっていたし、同感だ」

と、十津川が、いった。

5

十津川は、この結果をまず、兵庫県警の近藤警部に、知らせた。

次に、ジャパントラベルのアテンダント、太田和恵に知らせてから、

「あなたの推測が、当たっていたんですよ。それで、この件に関して、お聞きしたいことがあるので、こちらに来て貰《もら》えませんか。できれば、その時に、あなたの企画した『日本の異国』の旅行プランの内容と、それから、どんな人たちが応募してきたのか、その二つを知りたいので、もし、資料があれば、それを持ってきて下さい」

と、十津川が、要請した。

夕方になって、太田和恵が、資料を持って、捜査本部に、やって来てくれた。

和恵は、約束通り、自分が立案した「日本の異国」という旅行プランの企画書などを、持参してきてくれた。

十津川は、それを見ながら、

「神戸に行くとなると、どうしても、一九九五年の阪神淡路大震災のことが、たいていの人の頭に、思い浮かんでくるのではありませんか？　このことを、最初、どう考えていたのですか？」

「もし、参加者の中の何人かが、阪神淡路大震災のことを、知りたいといえば、説明するつもりで、資料も用意しておきました」

「もう一つは、あなたが、この旅行プランを作ってから、四月二日に、神戸に行くことになったそれまでの間に、どのくらいの人が、応募してきたり、問い合わせしてきたりしたんですか？」

と、十津川が、きいた。

「この旅行プランを企画したのは、一年ほど前ですから、今までの間に、そうですね、二十人近いお客様から問い合わせが、ありました」

「その二十人の中には、阪神淡路大震災の跡をしっかり見たいという人と、反対の人がいたのでは、ありませんか？」

「そうなんですよ。ぜひ、復興の様子を見たいという人もいれば、全く逆に、阪神淡路大震災には、関心がない人もいました」

と、いった後、和恵は、

「私には、どうしても、解せないことがあるんです」

と、いった。

十津川は、ニッコリして、

「昨日も、いわれましたね？　たしか、神戸に行くことになった六人の中の二人は、自分は、大震災の時に、神戸にいたと、はっきりといっていたのに、ほかの四人は、それを隠して、あたかも大震災の時には、神戸にはいなかったというようなことをいっていた。あなたが解せないというのは、そのことでしょう？」

と、いった。

「そうなんです。どうして、皆さんが、あんなウソをついていたのか、不思議でしょうがないのですよ」

和恵は、しきりに、首を傾げていたが、十津川は、逆に、ニッコリしていた。

「逆にいえば、それでいいのだし、そのことが、今回の殺人事件に、繫《つな》がっているんですよ」

十津川は、はっきりした口調で、和恵に、いった。続けて、

「まさか、あなたも、十五年前の阪神淡路大震災の時に、神戸にいたわけではないでしょうね？」

和恵が、笑った。

「私は、下見のために一度行ったことがあるだけで、神戸に行くのは、今回が二度目なんです。京都には、何回も行っているんですけど」

と、いった。

第三章　第二の処刑

1

十津川は、話を続けた。

「もう一度、確認させていただきたいのですが、今回の神戸行きの旅行には、全部で六人の方が、参加したのですね？　そのうち、真下母娘だけは最初から、十五年前の一月十七日、阪神淡路大震災が起こった日に神戸にいたが、あとの四人は、大震災の時には神戸にいなかった。そういっていたんですね？」

「そうなんです。真下みどりさんと、娘のはるかさんだけが、十五年前の大震災の時に、神戸にいたと、最初からおっしゃっていました」

「神戸に旅行するわけですから、当然、十五年前の大震災のことは、旅行の中で、話題になりますよね？　参加者の六人の、十五年前のことは、調べなかったんですか？」

十津川が、きくと、和恵は、小さく肩をすくめて、

「こんな事件が起きると、前から分かっていれば、皆さんのことを、もう少し調べて

おきましたよ。でも、事件が起きるなんて、全然予想していませんでしたし、皆さんは、大事なお客様ですからね。お客様が、書かれたことを、いちいち、本当は、違うんでしょうなんてことは、いえませんよ」

　その後で、和恵は、口調を改めて、

「十津川さんに、お聞きしたいことがあるんですけど」

「それは、今回の事件についてですね？」

「ええ。十津川さんは、加藤博之さんを殺した犯人は、今回の旅行に参加した人の中にいると、考えていらっしゃいますか？」

「正直にいって、容疑者が、ほかの四人の中にいると思っています。兵庫県警の近藤警部も、そう考えていると思いますよ」

「私は、十津川さんの、というよりも、警察の考えに、反対です」

　和恵が、強い口調で、いった。

「どう反対なんですか？」

「四月二日に神戸に旅行したグループのうち、加藤さん夫妻を除いた四人は、全員が容疑者だと、今、十津川さんは、おっしゃいましたよね？」

「ええ、いいました」

「でも、私は四月の四日まで、その四人と一緒に神戸にいたのですよ。神戸で、加藤夫妻が行方不明になったのは、四月三日なんです。この時に誘拐され、監禁されたとすれば、ほかの四人には、ちゃんとしたアリバイがありますわ。今も申し上げたように、四月の四日まで、一緒でしたし、四日のお昼に解散して、皆さん、東京に、お帰りになったんですから」

「しかし、われわれは、そう簡単には考えないのです」

「では、十津川さんは、どう考えて、四人を、容疑者としたんですか？」

「あなたがいうように、四月三日に、神戸で犯人が加藤夫妻を誘拐し、監禁したと考えれば、どうしても共犯者が、必要になってきます。しかし、共犯者は、必ずしも必要ではないんです」

「共犯者も使わずに、いったい、どうやるんですか？」

「たしか、今回の旅行は、一人当たりの参加費が、百万円ということでしたね？」

「ええ、そうなんです。かなりの、贅沢《ぜいたく》旅行なんです」

「そこで、犯人は、狙いをつけた加藤夫妻に対して、旅行費用はもちろん負担した上に、お礼として、一千万円を差し上げますから、ちょっとした芝居を、してくれませんかと、誘うんですよ。加藤夫妻は、十五年前の大震災の時に、長田区で、小さな町工場を経営していたのですが、それが全壊し、その後は東京の大田区に移って、必死になって、働いていました。しかし、今は世の中が大不況で、経営は、かなり、大変でしょう。そんな加藤夫妻に対して、犯人が、一千万円もの大金を提示すれば、おそらく、喜んでいうことを、聞くと思うのですよ。そこで、犯人は、こう提案します。神戸に着いた後、夫妻で突然、姿を消してほしい。そのまま、東京に帰ってきてもらえないか？　私も、東京に帰ってきたら、その時にお礼をする。たぶん、犯人は、そんな提案をしたと思うのです。この不景気で、小さな町工場といえば、遣り繰りが、大変でしょうから、大金が貰《もら》えるのならと、加藤夫妻は喜んで、オーケイした。そう考えれば、別に四月三日に誘拐し、監禁しなくても、加藤夫妻を東京に帰らせることが、できるんですよ」

「それじゃあ、犯人は、最初から、加藤夫妻を騙《だま》したことになるじゃありませんか」

和恵が、声をとがらせた。

十津川は、内心、苦笑して、

「犯人は、あんな残酷な形で、加藤夫妻のご主人のほうを、殺したんですよ。騙すくらいのことは、平気でするんじゃありませんかね」

「もう一つ、十津川さんに、お聞きしたいことがあるんですけど」

と、和恵が、いった。

「それは、犯人の動機でしょう？」

「そうです」

「私も、兵庫県警も、その点は同じ考えなのですが、犯人の動機の中には、十五年前の、一月十七日の阪神淡路大震災がある筈《はず》です」

と、十津川が、いった。

「十五年前に大震災が起こった時、私は、十歳の小学生でしたし、神戸にも、住んでいませんでしたので、阪神淡路大震災についての知識は、ほとんどといっていいほどないのですが、あれは、天災でしょう？　それが人を殺すほどの動機になり得るんでしょうか？」

「実は、私も東京の人間で、阪神淡路大震災には、遭っていません。今度の事件があって、こんなものを、借りてきているんです」

十津川は、阪神淡路大震災の写真集を取り出すと、和恵の前に置いた。

そこには、横倒しになった有名な高速道路の倒壊や崩壊した三宮駅のホーム、液状化現象を起こした神戸港のポートアイランドの惨状を伝える写真などが収められ、写真集の表紙には、神戸の数ヵ所から火事が起き、黒煙が上がっている写真が、使われている。

「この阪神淡路大震災では、六千四百三十四人もの死者が出ています。負傷者は四万四千人に上り、全半壊家屋は二十五万戸にも達しています。これだけの大きな被害が出たのですから、その中には、いわゆる人災といえるものも、あったと思うのですよ。

もし、その人災で、亡くなった人の家族が復讐《ふくしゅう》をしたいと思っても、当然じゃありませんか？」

と、十津川は、いうと、一枚の紙を広げた。

「ここには、今回の旅行に参加した六人の名前と、十五年前の大震災の時に、どんな目に遭ったのかを、書いてあるんですが、皆さん、大震災のおかげで得をしたなんていう方は、ひとりもいません。全員が例外なく、損をしています。例えば、加藤夫妻だって、神戸の長田区で、革製品を製造する町工場をやっと立ち上げて、一生懸命経営していたのに、あの大震災で、工場が倒壊してしまい、再建できなくて、東京へ出ていかざるを得なくなったんです。白石勝敏さん、六十歳は、今年Ｔ銀行を定年退職しましたが、大震災の時には、同じ銀行の、神戸支店にいました。その神戸支店が倒壊してしまい、その後は仕方なく、全国のＴ銀行の支店を回って歩いて、いろいろと、苦労をされた末に今年、定年退職したのです。あの大震災がなければ、おそらく、Ｔ銀行の神戸支店長か、もう少し上の役職に、就いていたのではないかと思うんですよ。小林誠さんは、現在二十五歳ですから、大震災の時には、まだ十歳の小学生でした。ご両親を大震災で亡くされて、東京の叔父さんに、引き取られ、いろいろと苦労されたと、聞いています。最後の真下みどりさんと娘さんのはるかさんですが、お母さんのみどりさんは、大震災の時、神戸三宮の繁華街で、クラブを経営していて、成功していましたが、クラブが入っていたビルが、大震災の後の火事で、全焼してしまいました。このように、誰もが、十五年前の大震災のおかげで痛い目に遭っているんですよ」

「つまり、阪神淡路大震災についていえば、今回の神戸旅行の参加者六人は、全員が例外なく、被害者だったということですか？」

「たしかに、六人とも、大震災の被害者ですが、同時にどこかで、人に恨まれるようなことをしている可能性もあるんですよ」

十津川は、さらに言葉を続けて、

「太平洋戦争中ですが、一九四五年三月十日、B29の東京大空襲で、下町が焼け野原になって、十万人もの人々が、死んだといわれています。一見すると、その十万人全員が空襲の被害者のように、思えますが、私の聞いた話では、こんなことがあったらしいんですよ。みんな、火に追われて隅田川まで逃れ、熱さに耐えかねて、川に飛び込んだ。それで、溺死《できし》してしまった人も多かったといわれています。川には、何艘《そう》かの船が出ていて、船に這《は》い上がれば、命は助かる。川に飛び込んだ人は、そう思って必死に、船べりに、手をかけて這い上がろうとしたというのです。ところが、船に乗っていた人からすれば、これ以上、船に乗ってくれれば、船が沈んで、自分までが危うくなってしまいます。それで、船に這い上がろうとする人を、突き飛ばして、乗れないようにしたんですよ。もちろん、突き落された人は、溺死してしまいました。その溺死した人の家族は、後からその時の話を聞いて、船の上から突き飛ばした人を、恨むようになった。そういう話もあるんですよ。十五年前の阪神淡路大震災の時にも、そんなことが、あったのではないかと、考えているのですよ」

と、十津川は、和恵に、いった。

2

十津川は、太田和恵を帰すと、神戸の市街地図を、机の上に広げた。

問題の六人が、大震災の時に住んでいた場所を、地図の上に、印を付けていった。

亀井刑事が、覗《のぞ》きに来る。亀井にも協力してもらって、六人がいた場所を、赤丸で記していく。

最初に記したのは、加藤夫妻の町工場のあった場所である。神戸市長田区、そこに赤い印を付ける。

次は、白石勝敏が住んでいたマンションである。それは、三宮駅近くにあったＴ銀行神戸支店から、一キロほどのところだった。そのマンションもＴ銀行神戸支店も、共に、大震災で倒壊していて、今は、存在していない。この時、白石には妻子がいた。

が、妻の愛子は、二年前に病死し、娘は結婚して、盛岡に住んでいる。

三番目の小林誠は、十五年前の大震災当時、神戸市兵庫区の、マンションに、両親と三人で住んでいた。父の小林健一は、中小企業向けのコンサルタントで、資金繰りや税金などの相談に乗っていたという。

十五年前の大震災で両親は死亡し、十歳の小林誠一人だけが助かっている。

最後は、真下母娘である。真下みどりは、その時、二十六歳、娘のはるかは、八歳だった。母親の真下みどりは、二十六歳の若さで、自分の店を持っていた。

真下みどりの店は、三宮駅近くの小さなビルの中にあり、住居も同じビルの中にあった。そのビルは大震災による火事で、全焼した。

その結果、真下母娘は、店も住居も同時に失ってしまい、仕方なく、東京に出てきたということになる。

十津川と亀井は改めて、神戸の市街地の地図の上に付いた、四つの赤い丸の印をじっと眺めた。

「神戸市内ですが、長田区の加藤夫妻とは、近くはないですね」

と、亀井が、いった。

「たしかに、そうだが、阪神淡路大震災は、今から十五年前、平成七年の一月十七日の、早朝五時四十六分に起きているんだ。問題は、その時間に、この六人が、どこにいたのかということになってくるんじゃないかな？」

と、十津川は、いった。

「なるほど、震災の起こった時間が問題ですか？」

「そうだ。念のために、加藤夫妻以外の四人について電話をして、大震災が起きた時、どこにいたかを、聞いてみたんだ。しかし、この赤い丸の付いた場所以外のところにいたという人間は、一人もいなかった」

「その証言は、信じにくいですか？」

「この四人の中に、犯人がいれば、その証言は、信じられない」

と、十津川が、いった。

「もし、この四人の中の誰かが、大震災が起きた時に、長田区の加藤夫妻の工場の近くにいたとすれば、何らかの事情があって、加藤夫妻に恨みを持つようになった可能性も出てくるじゃないか？　だが、その時刻に、長田区にいたという人間は、一人もいないんだ」

その日の捜査会議で、十津川は、赤い丸印の付いた神戸の市街地図を、壁に貼って、自分の考えを、三上本部長に説明した。

「私は、今回の奇妙な殺人について、四月二日に、ジャパントラベルという旅行会社が企画した『日本の異国』という観光旅行に参加した、加藤夫妻以外の四人の中に、犯人がいるのではないかと、考えました。また犯人の動機は、十五年前の、一月十七日早朝に起きた阪神淡路大震災にあるのではないかと、考えています」

「十五年前の大震災が、動機だというのは、どうして、そう、思ったのかね？」

と、三上が、きく。

「今回の神戸旅行に参加した六人ですが、このうちの二人、真下母娘以外の四人は、十五年前の大震災の時、神戸にはいなかったと、否定していたのです。ところが、その後の調べで、四人ともウソをついていたことが、分かりました。大震災当時、全員が、神戸に住んでいたのです。この神戸の市街地図を見てください。赤い丸を、付けたのが、この六人が、大震災の時に住んでいた場所です」

「この神戸の市街地図に、赤い丸を付けたことに、何か意味があるのかね？」

「十五年前の大震災の時、殺された加藤博之と幸子の夫婦は、長田区に住んでいて、そこで小さな町工場を、経営していました。もし、他の四人に動機があるとすれば、十五年前の一月十七日に、加藤夫妻のいた長田区の町工場の近くに、住んでいた人間が、一番怪しいわけです。そこで、この地図の中に、四人が、その時にいた場所に、赤い丸を付けてみたわけです」

「しかし、地図を見ると、長田区の加藤夫妻のやっていた町工場の近くに、赤い丸は一つも、付いていないな」

「地震は、早朝五時四十六分に、発生しています。この時刻に、赤丸のところに、残りの四人がいたとは、限らないのです。時間的に考えれば、自宅にいたのでしょうが、別のところにいた可能性も、否定できません」

「それで、四人について、地震が起きた時間に、どこにいたのかは、調べたんだろうね？」

「はい。この四人に電話をかけて聞いてみましたが、四人とも、問題の時刻には、この赤丸印のところにいたと主張しています。今のところ、その主張が間違っているという証拠はありません。何しろ、震災以前と、街は変っていますし、証人の生死も不明のことが多いのです」

と、十津川が、いった。

三上本部長は、さらに、

「四月五日に、東京の千代田区のN小学校で加藤博之を殺した犯人は、明日七日に、第二の殺人を実行すると、はっきりと予告しているわけだろう？　それに対する備えは、できているのかね？」

「明日七日に、犯人がターゲットとして選んでいるのは、加藤博之の妻、幸子だと考えられます。また、犯人は、加藤幸子をどこかに監禁しているものと、思われます。そこで、私は、容疑者四人について三人ずつ、全部で十二名の刑事を、監視に付けています。この四人が動けば、必ず尾行して、加藤幸子が監禁されている場所を突き止めるつもりで、おります。ほかに犯人と思われる人間は、見つかっておりませんので、今のところ、われわれに考えられる、最上の警備態勢だと、思っております」

「犯人が、加藤博之の妻、幸子を、次のターゲットにしているということには、私も賛成だ。しかし、犯人が、どんな方法で、加藤幸子を殺そうとしているのか、また、どこで、犯人は、殺そうとしているのか、その想像はついているのかね？」

　と、三上が、きく。

　四月五日、加藤博之は、廃校になった小学校の校庭で、奇妙な形で、殺された。現場写真は、もちろん、撮ってあった。その写真を三上に見せて、十津川は、自分の考えを説明した。

「この写真の、N小学校は、都会の中の過疎が、原因で、廃校になりました。それから二年間、跡地をどんなことに利用したらいいのかが決まらずに、そのままの状態で、放置されてきました。学校の中は、立入禁止になり、校門は、鎖《くさり》で繋《つな》がれていましたから、おそらく、犯人は、夜の間にどこからか、学校の中に忍び込み、自分一人か、あるいは、共犯者を使って、校庭を掘り起こし、そこに、犯人が考えた地雷を、いくつも埋めていったのです。そのあと、元通りの校庭に見せ、半径二十五メートルの円を描いて、その中心で、加藤博之を殺すことを計画したのです。その殺し方も、奇妙なものでした。鉄の箱の中に、加藤博之を押しこめ、徐々に、空気を抜いていき、正確に七分後に、加藤博之を窒息死させたのです」

「犯人は、どうして、そんな面倒くさい方法を使って、加藤博之を、殺したのかね？　もっと簡単なやり方が、いくらでも、あるじゃないか？」

「理由はわかりません。多分、犯人にとっては、そうしなければならない理由があったのだと思います。明日七日も、同じような凝った方法で、犯人は、加藤幸子を、殺すに違いありません。第一の殺人の大げさな仕掛けを、犯人が何か理由があって、設けたものだとすれば、明日の殺人でも、同じような仕掛けを、犯人は、作るものと思っています」

「もし、犯人が、第一の殺人と同じような仕掛けを、作るとしたら、かなり広い場所が、必要になるんじゃないのかね？　それに、仕掛けを作る時に、誰にも知られずに、作れるような場所だということになってくる。果して東京の中に、そんな場所が、あるだろうかね？」

たしかに、三上本部長のいう通りなのだ。半径二十五メートルの大きな円を描けるような広い場所が、必要なのは、当然である。その広い場所を掘り起こして、炎を噴き上げるような仕掛けを作るのも大変である。何時間かけても、怪しまれないような、静かな場所ということになってくる。

そんな場所が、この東京にあるのだろうか？

それとも、第二の殺人は、東京以外で、行うつもりなのだろうか？

その時、亀井刑事が、

「明日は、四月七日ですよ」

と、ボソッと、いった。

三上が、だから、何なのだというような目で、亀井を見た。

「学校が始まるのは、四月八日からですから、明日の七日は、どこの学校も、まだ、始まっていません」

亀井が、いうと、三上は、うなずいて、

「そうだよ。明日は、学校は始まっていないんだ。まだ休み中なんだ」

大きな声を出した。

たしかに、亀井のいう通り、明日までは、どの学校も、開いてはいない。となれば、ただ単に、使うだけならば、どの学校の校庭でも、使えるだろう。

ただ、校庭を掘り返して、校庭の地下を地雷原のようにすることは、不可能である。

そのあたり、犯人は、どんな手段に訴えてくるのだろうか？

現在、容疑者の四人、白石勝敏、六十歳、小林誠、二十五歳、真下みどり、四十一歳、そして、娘のはるか、二十三歳、この四人には、一人に三人ずつの刑事に尾行に当たらせている。

現在、六日の午後六時。あと六時間で、七日になる。

十津川は、捜査本部から四人の監視に当たっている合計十二人の刑事に対して、携帯をかけ、現在の状況を、確認した。

問題の四人は、今のところ、特別な行動は取っていないという。

今年、定年退職した白石勝敏は、自宅マンションにいて、どこにも、出かけていない。

小林誠は、自分の会社から帰宅してきて、現在、六本木《ろっぽんぎ》の自宅マンションにいるという。

真下みどりは、これから北千住の自分の店に、出勤するところだという。娘の真下はるかは、自宅マンションにいる。

十津川は、

「どんな小さなことでも構わないから、変わった行動を取った場合は、すぐに、知らせるように」

と、繰り返してから、携帯を切った。

3

午後七時を過ぎて、兵庫県警の近藤警部が、部下の刑事四人を連れて、捜査本部に、姿を現した。

近藤警部は、三上本部長に向かって、挨拶《あいさつ》した後、

「明日のことがありますので、心配になって、お邪魔してしまいました」

と、照れくさそうに、いった。

そんな近藤警部に向かって、三上本部長が、

「犯人逮捕に、あなたも、協力してください」

と、声をかけ、十津川に向かって、

「今日の捜査会議のことを、近藤さんに、説明してあげなさい」

と、いった。

十津川は、近藤警部と刑事四人に対して、今日の捜査会議で話し合われたことを説明した。これには、亀井刑事も同席した。

「まず容疑者ですが、私たちは、四月二日から三日にかけて、被害者の加藤博之夫妻と一緒に神戸に旅行した四人の中にいるものと、考えています。明日、第二の殺人で、

ターゲットになっているのは、第一の殺人の被害者になった加藤博之の妻、幸子と見て、まず、間違いないでしょう。問題は、犯人が、何処で、どんな方法を使って、加藤幸子を殺すのかということですが、第一の殺人の大げさな仕掛けから考えても、簡単な方法で殺すとは、考えられません。今度もまた、何かしら、大げさな方法が、取られるはずです」

十津川は、第一の殺人事件の、現場写真を、近藤たちに、見せた。

「なるほど、これは、かなり大げさな、仕掛けですね。これと同じような、大がかりな仕掛けを作って、その中で、犯人は、加藤幸子を殺すだろうと、十津川さんは、思っているわけですね？」

近藤が、きく。

「そうです。あの大げさな仕掛けには、おそらく、犯人の主張が、表現されているのだろうと、考えています。明日の殺人でも、犯人は間違いなく、同じことをやるはずです。半径二十五メートルの円、燃え上がる地面、そして、鉄製の円筒の中での窒息死。これと同じようなことを、やるだろうと考えています」

「しかし、これだけの仕掛けを作るとなると、かなり広い地面が、必要になりますが、だいたいの場所は、もう分かっておられるのですか？」

「残念ながら、まだ分かってはおりません。これは、そこにいる、亀井刑事がいったのですが、明日は、四月七日で、四月八日が新学期の始業式ですから、どの学校も、閉まっています。学校の校庭を、利用すれば、意外に簡単に、この仕掛けを、作れるかもしれません。そう考えると、明日の現場はたぶん、東京都内のどこかの学校の校庭になるのではないかと、考えています」

「しかし、逆に考えると、明日は、始業式の前日ですから、新学期に備えて、教員たちや、あるいは、生徒たちが、校内の清掃をしたりしているかもしれませんから、意外に、その校庭を使うのは、難しいのではありませんか？」

　と、近藤が、いった。

「もちろん、その可能性も、考えました。明日、始業式の準備を行わない学校を選ぶと、思うのです。あるいは、第一の事件のように、廃校になっている学校を、利用するかもしれません」

　と、十津川が、いった。

「そんなに都合のいい学校が、ありますか？」

「通常の小学校、中学校などでは難しいでしょうが、公益法人で、たとえば、老人たちに、いろいろな趣味や技能を教えるような学校があります。民間にも同じような学校があるのですが、生徒の老人がなかなか集まらず、廃校になってしまった学校法人があるんですよ。中には、二年も三年も使われずに、そのままになってしまっている学校もあるそうですから、犯人は、そういうところを、狙うかもしれません」

「そういう学校ならば、関西にもいくつかあって、始末に困っているのが現状ですよ。そうかといって、民間に売るにも売れず、ひたすら、公費の無駄が叩《たた》かれているのです」

と、近藤も、いった。

「今、それを、調べているところです」

「それで、現在、どの程度、わかっているんですか？」

と、近藤が、きいた。

「学校は、特定できていません。容疑者として、白石勝敏、小林誠、真下みどり、その娘、真下はるかの四人がいます。現在一人につき三人の刑事が、二十四時間、監視に当たっています。明日七日になって、この四人の中で、何か変わった動きをする者が出れば、刑事がすぐに、連絡してくるはずです」

と、十津川が、いった。

その際には、協力してもらいたいと、十津川は、近藤に、いった。

4

夜が明けて、問題の、四月七日になった。

午前十時、最初に、白石勝敏が動き出した。

白石は自宅を出ると、自分の車に乗って、出かけた。監視していた三人の刑事が、すぐさま、覆面パトカーで追跡を始めた。

そのことはすぐ、捜査本部の十津川に知らされた。

続いて午前十時十分、小林誠が、同じく、最近購入したばかりの国産のスポーツカーで出発し、監視していた刑事たちが、覆面パトカーで追跡を始めた。

午前十時二十分、三番目に真下みどりとはるかの母娘が、こちらはジャガーのスポーツカーで出発した。

捜査本部の十津川は、この三組が、どうやら同じ方向、東京の西部に向かって動いていることを確認した後で、亀井刑事と二人、それに、近藤たちも覆面パトカーで、捜査本部を出発した。

行き先は、東京都の郊外、青梅《おうめ》市だった。

厚生労働省の外郭団体、厚生事業研究開発公団の保養所である。

敷地は広大で、温泉、といっても鉱泉だが、それが、出たので、作った当初は、なかなかの人気があった。

その後、鉱泉が急に出なくなり、また、交通の便が悪いこともあって、この保養所は、次第に職員が、利用しなくなり、現在は、民間への売却が、検討されていて、ここ半年間、閉館したままである。

乗用車三百台を収容できる大きな駐車場にも、車は一台も、停まっておらず、そこには、半径二十五メートルの巨大な円が描かれていた。

その円の中心に、これも、前と同じような鉄で作られた、高さ二メートルぐらいの円筒が置かれていた。前と同じなら、その円筒の中に、犠牲者が、入れられているはずである。

そこで、すでに、到着している新聞記者の一人が、思わず、地面に描かれた、円の中に、足を踏み入れた。途端に、そこは、落とし穴になっていて、地面が割れ、悲鳴を上げながら、新聞記者は、その落とし穴に落ち込んでいった。

穴の中には、水が張られている。危うく溺死《できし》しそうになるのを、仲間の新聞記者が、慌てて手を、伸ばして助け上げた。

それを待っていたように、声が、建物の壁面に設置されているスピーカーから、駐車場に流れた。

どうやら、その声は、駐車場に面した、保養所の事務所、その二階からマイクを通して、流されていた。

「ただ今、四月七日の午後一時です。予告した通り、これから、二回目の処刑を行います。その前に、皆さんに、警告しておきますが、駐車場に描かれた円の中に入ると、落とし穴に落ちて、溺《おぼ》れる恐れがありますので、注意してください。中央の鋼鉄製の円筒の中には、処刑されるターゲットが、監禁されています」

男の声が、いった。

刑事の一人が、二階建ての事務所に飛び込んでいき、放送されている機械を押さえようとした。

しかし、一階から二階に行く階段は、意図的に壊されていて、簡単には二階まで上がれないようになっていた。

この後、突然、中央の円筒の中に、明かりがつき、どういう仕掛けになっているのか、円筒の中の女性のシルエットが、ぼんやりと浮かび上がった。

とたんに、女性の声が、聞こえてきた。

「助けてください。苦しい」

と、女性は、いい、しばらくすると、今度は、

「水をください。水をください」

と、いう。

「ダメだ。水を飲むと死ぬぞ」

「構いません。飲ませてください」

女性の声が、掠《かす》れている。

「いいだろう。飲ませてやる。最期の水だ。ゆっくり飲め」

そして、水の音。それを最後に、男の声も、女の声も消えてしまった。

5

その後は、第一の処刑の時と、ほぼ同じように進行した。

半径二十五メートルの円の外から、中心部にある鉄製の円筒まで橋をかけ、その円筒を円のこちら側まで運んで、上部を壊し、中から女性を助け出した。

といっても、すでに、女性の心臓は止まっていて、死亡していた。

死んだ女性の服は、水で濡《ぬ》れていた。どうやら、円筒の頭の部分に小さな水槽が取り付けてあって、スピーカーから流れてきた、男と死んだ女の会話の中で、女が、「水をください」といい、男が、「いいだろう。飲ませてやる」といった時に、その水槽が破れて、水が女の体に降り注いだのだろう。

現場に来ていた白石勝敏や小林誠、そして、真下母娘などが、死んでいる女性を見て、口々に、

「一緒に、神戸に行った加藤さんの奥さんです」

あるいは、

「幸子さんに、間違いありません」

と、証言した。

加藤幸子の死体は、すぐ救急車で、近くの病院に運ばれた。すでに死亡が確認されているから、あと出来ることは、司法解剖して死因をはっきりさせることだけである。

刑事たちが、何とか事務所の二階に上がり込んで、そこで動いていたテープレコーダーやマイクなどを押収した。

十津川は、それを凝視している近藤警部に向かって、

「第一の処刑とほとんど同じですね」

と、いった。

その第二の処刑を、防げなかったことに、十津川は、ガッカリしていて、声も自然に重くなってしまう。

「しかし、違っていることも、あったんじゃありませんか？」

と、近藤が、いう。

「そうですね。第一回の処刑の時は、円筒の中から、徐々に空気を抜いて、中にいた加藤博之を、窒息死させています。今度は逆に、水を飲ませて殺しています」

「水を飲んで、どうして死んだのでしょうか？」

「今、司法解剖を行っている医者が、後ほど説明してくれるだろうと思いますが、よく戦時中、爆撃で全身にヤケドを負った人たちが、水を求めてさまよい、水を飲んだ途端に死んだといわれていますから、もしかすると、同じような状況だったかもしれません」

と、十津川が、いった。

刑事たちが、事務所の二階から、運んできたテープレコーダー、マイク、タイマーなどを、十津川は、近藤警部たちと一緒に、一つ一つ調べていった。

使われた器具も、第一の処刑の時と同じようなものだった。

二階の事務室に、あらかじめ録音したテープをセットしておいて、今日四月七日の午後一時になると、タイマーが働いて、録音されていた犯人の声を流すように、なっていたのだ。

「どうして、犯人は、こんな面倒なやり方を二回もして、加藤夫妻を殺したのでしょうか？」

近藤警部が、同じことを、十津川に、きいた。

「断定はできませんが、犯人は、加藤夫妻を誘拐して殺すことが、正当な復讐《ふくしゅう》、あるいは、仇討《あだう》ちと、信じ込んでいるのだろうと思います。ですから、こんな面倒くさい方法で、二人を続けて殺したのでしょう」

「その主張は、十五年前の一月十七日に起きた阪神淡路大震災に関係していると、思っているんですね？」

「今のところ、ほかに考えようがありません」

と、十津川は、いった。

白石勝敏や小林誠、真下母娘と一緒に動いた刑事たち、その中には、西本や日下という若い刑事もいたのだが、彼らが、十津川に報告する。

「神戸旅行の四人ですが、それぞれのところに、犯人と思われる人間から今朝、メールが直接、届いたのだそうです。まず午前十時ちょうどに、メールが入ったのは、白石勝敏の携帯で、その後、十分おきに、小林誠、そして、また十分後に、真下母娘にメールが届きました。東京都青梅市に厚生労働省の外郭団体の保養所がある、その駐車場で、本日の、午後一時から二回目の処刑が行われる。そういうメールだったので四人は、車で、この現場に、やって来たといっています」

現場に集まった新聞記者、カメラマンなども同じようなものだった。

「今日の午前十時五分過ぎに、突然、新聞記者たちにメールが入り、本日午後一時から、青梅市の厚生労働省の外郭団体の保養所の駐車場で、二回目の処刑が行われる。そのニュースを報道したければ、午後一時までに、現場に集合すること。そう書かれたメールが送られてきたんです」と、彼等は証言した。

十津川たちは、いったん現地の、青梅警察署に落ち着き、そこで第二回の処刑事件を、再調査することになった。

神戸旅行のメンバーである白石勝敏や小林誠たちにも、青梅署で事情を聞くことにした。

最初に話を聞いたのは、六十歳の白石勝敏である。

年金が出るのは、五年後の六十五歳からだが、定年に当たって、かなり高額の退職金を貰《もら》ったので、今のところ、仕事を探さず、しばらくの間は、のんびりと、趣味の旅行を楽しむことにしていると、白石は、いった。

「それなのに、こんな奇妙な事件が、立て続けに二回も起きて、それに巻き込まれてしまって、大変迷惑しているんですよ。今度は、暖かい沖縄にでも、行こうと思っていたのですが、私たちは、容疑者になっているようですから今すぐ、沖縄に、飛んだらまずいでしょうね？」

「われわれは、別に、あなた方のことを、容疑者だとは、思っていませんから、沖縄でもどこでも、お好きなところに、行ってくださって結構ですよ。ただ、沖縄のどこのホテルに、いつ泊まるのか、それから、携帯電話の番号を、教えてくださっていればオーケイですよ。それで、殺された加藤夫妻のことについて、お聞きしたいのですが、神戸への旅行中、夫妻と何か話をされたことがありますか？」

「一緒に旅行した六人の中では、加藤さん夫妻が、私に一番年齢が近いので、自然に、ほかの人たちよりも、加藤夫妻と話をする機会が多かったですよ。旅行中も、いろいろと話をしました」

「加藤夫妻というのは、どういう夫妻だと、思われましたか？」

「つくづく、ツイていないご夫妻だなと、気の毒に思っていますよ」

「それは、どうしてですか？」

「あの夫妻は、昔から神戸の長田区で、革靴を製造する小さな工場を、経営していたんだそうですよ。そんな時に、あの大震災が起こって、工場が、倒壊してしまいました。ところが、長田区というのは、神戸の中でも、復興が一番遅れた地域ですからね。お金がないと、町工場は、復興できません。仕方なく、東京に移って同じような町工場を借りて、一生懸命に働いていたわけでしょう？ それなのに、十五年ぶりに戻った神戸で、誘拐されてしまい、その挙句に、あんな、むごたらしい殺され方をしたんですよ。どう考えたって、ツイていないじゃありませんか？」

「あなた自身も、こんな犯罪に巻き込まれてツイてないと思われているんじゃありませんか？」

「そうですね、今もいったように、定年後はのんびりと、好きな旅行を思う存分楽しみたいと思っていたのですが、その旅行の初めに、こんな事件に巻き込まれてしまって、その点では、たしかに、ツイていないと思います。でも、加藤夫妻に比べたら、どれだけ幸福か、分かりませんよ。一日も早く、犯人が捕まれば念願の沖縄に行ってみるつもりです」

と、白石が、いった。

次は、二十五歳の若い小林誠である。

小林の場合は二十五歳と若いし、その上、ベンチャー企業で、成功しているということもあってか、やや興奮しているように、十津川には見えた。

「今回の神戸旅行ですが、大変でしたね。こんなことになって、どう思って、おられますか？」

十津川が、きくと、小林は、

「いや、別に、どうということは、ありませんよ。それより加藤さん夫妻を殺した犯人は、残った四人の中、もちろん、僕も含めてでしょうが、その中にいると、警察は、考えているみたいですね」

「われわれは、現在捜査中で、誰が犯人だとか、容疑者だとかは、決めてはいませんよ。小林さんは、四人の中に、犯人がいると、考えているんですか？」

「十津川さんは、私たち四人の中に犯人がいると、考えているんでしょう？　だから、こうして、十津川さんは、私たちを、尋問している」

と、いって、小林が、笑った。

「たしか、ご両親は、十五年前の阪神淡路大震災で、亡くなっておられますよね？　ひょっとして、ご両親の死亡に、加藤夫妻が関係していると、思っていたんではありませんか？」

十津川が、思い切ってきくと、小林が、また笑った。

「十津川さんは、そんなことを、考えていらっしゃったんですか？　私が犯人なら、加藤夫妻を、わざわざ、東京まで連れてきて、殺したりはしませんよ。神戸で、殺しています」

最後は、真下母娘である。

娘の真下はるかのほうは、今回の二つの殺人事件に、遭遇して、暗い表情になってしまっていたが、母親の真下みどりのほうは、明らかに、面白がっているように見えた。表情が、なんとなく、明るいのである。

そんなみどりに向かって、十津川が、

「失礼ですが、続けて二人が、殺されたというのに、真下さんは、それほど、怖がってはいらっしゃらないようですね？」

と、いうと、みどりは、

「そんなことは、ありませんわ。一緒に神戸旅行をした加藤さん夫妻が、続けて、こんなふうに、殺されてしまったんですもの。ビックリしていますよ。ただ――」

「ただ、何ですか？」

「十五年前の大震災では、六千五百人近くの人が、亡くなっているんです。負傷した人は、四万四千人もいます。そんなに死んだり、ケガをしたりした人がたくさんいるというのに、まだ、あれから十五年しか経っていないのですよ。あの大震災が、今でも、後を引いていたとしても、決して、不思議だとは思いませんわ」

と、みどりは、いうのだ。

なぜ、彼女が、そんなことをいったのか、十津川には分からなかった。

「真下さんは、これからも、何か恐ろしいことが起きるに違いないと思っているみたいですね？」

十津川は、じっと相手の顔を見て、いった。

第四章　二つの現場

1

捜査会議が開かれた。その席上、十津川は、二つの殺人事件に関して、自分の考えを口にした。

「時間を置いて、二つの殺人事件が発生しました。奇妙でもあり、同時に残酷な殺人事件です。犯人が、単独犯なのか、それとも、複数犯なのかは分かりません。ただ、分かっているのは、犯人の、異常なまでの強い復讐《ふくしゅう》心です。犯人は、ただ単に、相手を殺すだけではなく、奇妙な殺人現場を演出し、そこに自分の主張を込めて、時間をかけて、被害者を殺しているのです。これが、一九九五年一月十七日に起きた阪神淡路大震災の時の被害と関係があることは、はっきりしています。

今回の連続殺人事件で、どんなことが分かるのか、それを考えてみました。二つの殺人現場を、考えると、繰り返しますが、犯人は、ただ単に加藤夫妻を殺すだけでは、飽き足らないほどの、強い憎しみを、加藤夫妻に対して持っていたのではないかと、思います。だからこそ、あの奇妙な殺人現場が出来あがったのだと考えるのです」

「その点は同感だ」

「まず、第一の殺人現場について考えてみます。廃校となった小学校の校庭に、半径二十五メートルの巨大な円が描かれ、その真ん中に鉄製の、高さ二メートルほどの円筒が置かれ、その中に、加藤博之が、閉じ込められていました。現場にいた新聞記者の一人が、円の中に石を投げると、もの凄《すご》い勢いで、炎が噴き上がりました。その後に警官も石を投げたのですが、やはり同じ事が起こりました。

半径二十五メートルの円の中は、どこを踏んでも、火柱が立つような仕掛けが施されていたわけです。人が近づけないようにしておいてから、犯人は、鉄製の円筒の中から、空気を少しずつ抜いていきました。七分後に、加藤博之は、窒息死するというアナウンスをしておいて、かっきり七分後に、円筒の中の空気が、無くなって、窒息死してしまいました。これが、第一の殺人事件です。どう考えても、奇妙な殺人事件だといわざるを得ません」

「そのわずか二日後に、第二の殺人事件が、起きたわけだ」

「そうです。殺人現場には、第一の現場と同じように、半径二十五メートルの巨大な円が描かれ、その中心に、これも、第一の殺人と同じく、鉄製の円筒が置かれ、その中に、加藤博之の妻、加藤幸子が、閉じ込められていました。思わず円の内側に足を踏み入れた新聞記者が、突然、落とし穴に、落ちてしまいました。第一の現場のように、火柱は立ちませんでしたが、深い穴には水が張られ、新聞記者は、危うく溺死《できし》してしまうところを、仲間によって助けられました。その後は、円の中心に置かれた円筒には、誰も、近づけませんでした。

　そうしている間にも、円筒の中の加藤幸子は、かなり衰弱していたのか、水を求めて、水をくださいと、叫んでいました。弱り切っている人間が、急に水を飲めば、死んでしまうことは、多くの事例が証明しています。それを予期したように、円筒の中から水がほとばしり出て、それを飲んだ加藤幸子は、死んでしまいました。

　この二つの奇妙な殺人は、いったい、何を表現しているのか、何を訴えているのか、それを考えました。今回の殺人事件は、一九九五年一月十七日に起きた阪神淡路大震災が原因だということは、はっきりしています。だからこそ、旅行会社が企画した『日本の異国』という旅行プランの中で、起きているのです。大震災で、六千四百三十四人もの死者が出ています。犯人も、肉親か友人知人を、この大震災で、失ったのではないでしょうか？　それも、ただ失ったのではない。それだけならば、この奇妙な殺人事件は、起きなかったと思います。犯人は明らかに、肉親、あるいは、友人知人が死んだのは、今回殺された加藤夫妻が、原因だと、固く信じていたのだと思います。

だからこそ、加藤夫妻を、あのような形で、惨殺したのではないでしょうか？　阪神淡路大震災では、倒れた建物の下敷きになって、死んだ人もいるでしょうし、震災の後で起きた火事で、焼け死んだ人もいるでしょう。ほかにも、さまざまな、原因で死んだ人がいると思うのです。今回の二つの奇妙な殺人現場、或《ある》いは殺され方、それと似たような死に方をした人がいるのではないだろうか？　いるとすれば、それが、今回の殺人事件の謎を解くカギになると、私は、思っています。

　大震災の現場に、半径二十五メートルの円が描かれていたということはないでしょう。鉄製の円筒の中に閉じ込められて死んだということも、まず、あり得ないでしょう。従って、今回の殺人現場は、一つのシンボリックな状況を示しているのだと思います。二つの殺人現場から想像できるような大震災の時の現場で、犯人の肉親か、友人知人が死んだに違いありません。たぶんそれを助けられる立場に、加藤夫妻がいたのです。しかし、何らかの事情があって、助けたくても、助けることが、できなかったのではないか。その事情が何なのか分かれば、今回の、殺人事件は、半分は解決したようなものだと、期待しています」

「助けることが、できなかった事情というのは、いったい何だと、考えているんだ？」

「第一と第二の殺人現場に、共通しているのは、二十五メートルという距離です。十五年前の大震災の時、加藤夫妻のいた場所から、二十五メートル離れた場所で、誰かが、助けを求めていたのではないかと、私は想像します。第一の殺人現場で、閉じ込められた加藤博之を助けようとして、もし誰かが、二十五メートルの円の中に入っていったとしたら、突然噴き出した火柱によって、焼け死んでしまうところでした。同じような現場が、十五年前の神戸にもあったのではないでしょうか？　もちろん、地雷原のように、足を踏み入れると、そこから、火柱が立ち上るようなものでは、なかったでしょう。あれはシンボルだとすると、十五年前の神戸の市内では、ところどころで、火災が発生していました。地震では辛うじて助かっても、火災で、亡くなった人がたくさんいたと、聞いています。

加藤夫妻は、二十五メートル向こうで、助けを求めている人間を助けようとしたが、その間に、火災が渦を巻いていたので、助けに行くことができなかった。第二の殺人現場では、二十五メートルの中に落とし穴が、たくさん作られていました。これもおそらく、何かの、象徴でしょう。震災の時に、神戸市内に、あんな落とし穴が、いくつもあったとは、もちろん、考えられません。これも推測ですが、倒れた電柱とか、倒壊したビル、あるいは、飛散するガラスなど、助けることを阻害するものがあった。そういうことだと思うのです」

2

「ちょっと待ちたまえ」

三上本部長が、十津川に、声をかけた。

「加藤夫妻だがね、彼らも十五年前の大震災では、被害者だろう？　私が聞いたところでは、加藤夫妻は、神戸の長田区で小さな革靴の町工場を経営していたそうじゃないか？　大震災で工場が倒壊し、自己資金がなくて、工場の再建が出来なくて仕方なく、東京に移って、同じような小さな町工場をやっていた。君も分かっているはずだ」

「もちろん、分かっています」

「それなら、加藤夫妻は、完全な、大震災の被害者じゃないか？　どうして、犯人に、殺されなければならないのかね？　君の言葉をそのまま受け取れば、十五年前の大震災の時に、加藤夫妻は、誰かを殺した。あるいは、助けずに見殺しにした。だから、十五年後の今日になって、二人とも、あんな形で、殺された。しかし、どう考えても、加藤夫妻は、大震災の被害者じゃないのかね？　どうして、犯人に、加藤夫妻は殺されなければならないのか？　私が納得できるように、説明してもらいたいね」

三上は、少しばかり、不機嫌な顔で、十津川を見た。

「普通に考えれば、加藤夫妻は、大震災の被害者です。加藤博之の父親は、同じ神戸市の長田区で、革製品の、主として、シューズですが、その町工場を、経営していました。加藤博之は、父親の工場を、引き継いだ形で、中国製の安い革靴と競争しながら、妻の幸子と町工場を続けてきました。貯金はほとんどありませんでしたが、夫婦で、地道にやっていたので、何とかやっていくことが、できたのですが、十五年前の大震災で、吹き飛んでしまいました。工場は倒壊し、その上、火災が起きて、ただ逃げるだけで精一杯だったと、いわれています。

長田区というのは、神戸市内の中でも、一番復興が遅れた場所ですが、それは、中小企業が多く、自己資金が乏しかったからだと聞きました。公共の施設以外の個人の会社や工場は、自己資金があれば、早く、復興できたのですが、加藤夫妻には、その自己資金が、なかったのです。それで、閉鎖している工場がある、東京へ行ったのです」

「父親の跡を継いで、地道に、革製のシューズを作っていたのなら、立派な人じゃないか?」

「そうです。立派な人です。普通なら、誰かに、恨みを持たれるような夫婦ではないのです。だからといって、大震災の時にも幸運が、舞い込むとは限りません。その人が、どんなに、立派でも、自然災害では被害者に、なり得るのです。その被害者が、ある意味、今回の犯人から、見れば、加害者にもなってしまう。そういうものですよ。だから、今回の悲劇が起きたと、思っています」

「しかしだね、大震災の時に、加藤夫妻が、人を殺したわけではないだろう？」

「その通りです。ですから、今回の殺人事件の捜査は慎重にやろうと思っています。加藤夫妻は、大震災に紛《まぎ》れて人を殺すような人ではありません。むしろ、大震災で、倒れている人を助けるような、そういう夫妻ですよ。ただ、私は、こんなことも考えました。ある駅のホームで、人々が、電車が入ってくるのを待っていた。その時、一人の女性がめまいを起こして、ホームから線路上に、転落してしまった。たまたま近くに、加藤博之という名前の人が、立っていましたが、すぐには、線路に飛び降りて、助けることができませんでした。当り前です。自分まで電車に轢《ひ》かれてしまう危険が、あるんですから。その一瞬の迷いの中で、電車が入ってきて、線路に落ちた女性は、轢かれてしまいました。

ありがちなことですが、電車に轢かれて死んだ女性の夫か、兄弟たちに、してみれば、後からその話を聞いて、どうして、加藤博之は、近くにいながら、線路に飛び降りて、助けてくれなかったのかと、考えて、恨んだ。今回の事件は、内容的には、少し違っているかもしれませんが、状況としては、同じことではないかと思っているのです」

「第一と第二の殺人現場の不思議な情景、半径二十五メートルの円が描いてあったり、その中心で殺人が、起きたりしたことを詳細に調べていけば、犯人のことも、加藤夫妻にどんなことが、起こったのかも自然と分かってくる。君は、そういいたいんだね？」

「その通りです」

「それは分かったが、もう一つ、君に聞きたいことがある」

と、三上が、いった。

「今回の、神戸行きのセット旅行に、六人の男女が参加したが、その中で、真下みどりと、娘のはるか、この二人だけは、十五年前の大震災の時に、神戸にいたと、正直に話していたのに、ほかの四人は、大震災の時、神戸にはいなかったと、ウソをついていたと聞いた」

「はい。アテンダントの太田和恵に聞いたところ、神戸の繁華街で十五年前に、クラブを経営していた真下みどりと、娘のはるか、この二人だけが、正直に、神戸の大震災に遭遇したことを、話していましたが、ほかの四人全員が、大震災の時に、神戸には住んでいなかったと、いっていたそうです」

「なぜ、六人のうち四人が、ウソをついていたのかね？」

「それについては、聞き込みにあたった刑事たちとも、話し合いました。神戸にいたと話した真下みどりと、娘のはるかですが、今も神戸に住みたいという気持ちが強いので、大震災の時に、神戸にいたと、正直にいったのです。娘のはるかは、当時はまだ、小学生でしたから、ウソをつく必要がなかったと、考えます。小林誠は、震災で両親を亡くしてますし、白石勝敏も、大切な誰かを亡くすなど、人には言えない、辛《つら》い思い出が、あったのではないでしょうか。殺された加藤夫妻については、ある推論を立ててみました」

「どんな推論だね？」

「加藤夫妻は大震災の時、誰かを、助けなかった。たぶん、自分の身の危険も感じていたからだと思うのですが、加藤夫妻は、いい人なので、そのことが、ずっと、気持ちのつかえになっていたと、思うのです。なぜ、あの時、死ぬ気になって、助けることができなかったのか？　そんな思いが、ずっと二人を、苦しめていたに違いありません。自己資金が不足しているので、神戸市長田区で、もう一度、町工場を復興することができなかった。それもあると、思うのですが、第一の問題は、誰かを助けられなかったという後ろめたさにあると考えます。加藤夫妻は、十五年間、一度も神戸に、帰っていないのではないでしょうか？　しかし自分たちが経営していた町工場のあった現場を、一目だけでも見てみたい。その気持ちも強かったのではないでしょうか？　そんな時、誰かに誘われて、このツアーに参加したのです」

「そうすると、加藤夫妻をツアーに誘った人物が、犯人なのかね？」

と、三上が、いった。

「はい。そして、犯人も、このツアーに参加していた可能性は、大いに、あります」

十津川が、うなずいた。

「これから、この四人については、徹底的に、調べ直してみたいと考えています」

「どうやって、この四人の中から、犯人を見つけ出そうと思っているのかね？」

「繰り返しますが、犯人の憎しみは、普通ではありません。おそらく、自分の愛する者が、大震災の時に死んで、それを助けようとしなかった加藤夫妻に対して、激しい憎しみを抱くようになった。そういう図式が、考えられるので、真下みどり、白石勝敏が、神戸の大震災で、誰を失っているかを、調べてみるつもりでいます」

「当然だな」

「現在のところ、はっきりしているのは、二十五歳の小林誠です。ＩＴ産業で成功して、二十五歳の若さで社長になっていますが、彼は、神戸の大震災で、両親を亡くしています。父親は、当時、神戸で中小企業のコンサルタントをやっていました。小林誠は容疑者の一人ですが、彼が阪神淡路大震災に、遭遇したのは、十歳、まだ、小学生の時です。しかし、考えようによっては、両親が死んだその瞬間は、強く頭に、残っているでしょうから、二十五歳になった今、両親が、加藤夫妻に、殺された、いや、見殺しにされたとしたら、この二人に対して強い憎しみを覚え、復讐《ふくしゅう》を考えたとしてもおかしくはありません」

「ほかの三人、一人は、子供だったから、いや二人だな。こちらはどうなんだ？」

「ほかの二人については、ほとんど分かっていません。真下みどりが、神戸で、クラブをやっていたことは、はっきりしています。真下みどりは、神戸の生まれ育ちで、十八歳から、水商売の世界に入っています。現在、大学生のはるかという娘がいますから、当然、はるかの父親が、いたはずです。真下みどりが、十九歳の頃関係した男の娘だと思うのですが、その男とは、どうなっているのか？　ひょっとして、神戸の大震災で、死んだのかもしれません。どこで死んだのかが分かれば、真下みどりも、容疑者の一人になってくるかも知れません」

「白石という男は、どうなんだ？」

「白石勝敏、六十歳は、T銀行の神戸支店で働いていたサラリーマンで、その時に、大震災に遭っています。白石勝敏が、四十五歳の時です。白石勝敏自身は、妻は、二年前に病死したといっていますが、もしかすると、妻以外の誰かが、十五年前の神戸の大震災で、死んだのかもしれません。まず、その点を、調べてみたいと思っています。いずれにしても、今回の旅行に参加した、真下みどり母娘、白石勝敏、小林誠が、今のところ、第一の容疑者だと、考えています」

「今、君の話を聞いた限り、一番怪しいと思えるのは、小林誠のようだな」

と、三上が、いった。

三上は、続けて、

「第一と第二の殺人事件を、見ていると、犯人は、かなり時間を使っている。金も使っている。それに、前もってテープが吹き込んであって、若い男の声だった。それを考えると、二十五歳の小林誠が、第一の容疑者じゃないのかと、思うが、どうかね？」

「その点は同感です。今のところ、一番容疑が濃いのは、小林誠、二十五歳だと思います。ただ、十五年前の大震災は、一月十七日の早朝に、発生しました。午前五時四十六分です。ですから、亡くなった両親も、小林誠もまだ、家にいたと思われます。その場所は、加藤夫妻の、町工場のあった長田区からは、かなり離れた場所なんです。その点は、どう考えたらいいのかが、カギになると思っています」

十津川が、いうと、三上は、

「そんなこと、簡単じゃないか」

と、あっさり、いった。

「どう簡単なんでしょうか？」

「小林誠の父親は、中小企業のコンサルタントを、やっていた。神戸では、かなり有名な人だと、聞いている。一方、長田区は、神戸市では、一番、中小企業の工場や会社が、集まっている地区だと、聞いたことがある。それなら、小林誠の父親は、経営コンサルタントとして、いろいろと相談に乗るために、長田区に、ちょくちょく、行っていたんじゃないのか？　その時は、妻も一緒だった。そこで、地震に遭った。そうなれば、加藤夫妻との間に、何らかの問題が起きたとしても、納得できるじゃないか」

と、三上が、いった。

「その通りですが、それを、証明するのは、難しいと、思います。私としては、その点を捜査するつもりですが」

と、十津川が、いった。

「彼等の神戸時代、大震災があったその日の行動を、調べる必要がある。もう一つ、君はさっき、第一と第二の殺人事件について、これは犯人が、神戸の大震災のことを、考えて、それに似せて作った、殺人現場なのだと、いった。第一と第二の殺人現場と同じことが、十五年前の神戸で起きた。君は、そう考えているんだね？」

「そうです。それ以外に、あんなに、派手で、大がかりな殺人現場を、犯人が、作った理由は、考えられません」

「神戸の大震災の時には、今回の二つの殺人事件と、どんなふうに、似通ったことが起きていたと、考えているんだ？」

「最大公約数は、二十五メートルという距離です」

十津川が、強い口調で、いった。

「二十五メートルの距離か」

「そうです。第一、第二の殺人現場で共通するのは、二十五メートルという距離です。十五年前の大震災に合わせてみると、二十五メートル先に、助けを求めている人がいた。それは、一人かもしれませんし、二人かもしれません。恋人同士かもしれませんし、夫婦かもしれません。たぶん、崩壊した建物の下敷きになって身動きができず、助けを求めていた。そういう状況だと、私は、考えます。更にいえば、二十五メートルこちらには、加藤夫妻がいたのです。助けられるのは、加藤夫妻だけだった。

ところが、二十五メートルの間には、余震で近くの建物が、倒れていたり、電柱が傾いていたり、火事が、起きていたりしていたのです。加藤夫妻は、決死の覚悟を持たなければ、二十五メートルの距離を助けに行くことが、できなかったんですよ。ですから、二十五メートル向こうで、自分たちに向かって、助けてくれと、叫んでいる人間を救出したいと思っても、救出することができなかった。それだけではなくて、火災がどんどん広がっていくし、余震で建物や、コンクリートの電柱が、倒れてくるという危険極まりない状況だったので、仕方なく、加藤夫妻は、その場から、避難してしまった。その状況を、犯人は、示そうとして、あんな殺人現場を作ったんだと、思っています」

「問題の二十五メートルは、大震災の時、神戸市長田区に、あったということになるのかね？」

「まず私も、それを考えました。神戸市長田区は、一番復興が遅れている地域といわれていて、十五年前の大震災の時には、建物が倒壊したり、方々で火事が起きたりして、かなりの、被害を受けています。加藤夫妻のことを、考えると、この長田区を考え合わせてしまうのですが、加藤夫妻が長田区から逃げる途中で、二十五メートルの現場にぶつかったのかも、しれません。そう考えると、神戸市長田区に、限定するわけにも行かないのです」

「十津川君には、今回の殺人事件を、どう考えるかを、聞かせてもらった。誰か、それについて意見のある者はいないか？」

三上が、刑事たちの顔を、見回した。

北条早苗刑事が、手を挙げた。

「いつだったかテレビで、阪神淡路大震災の番組を、見たことがあります」

「どんな番組なんだ？」

「あの大震災では、高速道路の支柱が、折れて、道路全体が、倒れてしまった現場とか、三宮駅は高架の駅なんですが、それが途中で、折れ曲がってしまって、線路も曲がってしまい、電車がストップしてしまいました。潰《つぶ》れてしまったホームを持ち上げながら、修復するのが、大変だというような話でした。また、こんなことも、テレビは、放送していました。ビルが倒壊、その上、ところどころで、火災が発生しました。一人のサラリーマンが、震災にあい自分の友達が瓦礫《がれき》の下敷きになって、身動きが取れなくなっている。ところが、発生した火事の炎が、どんどん、近づいてくる。友達は盛んに、助けてくれと、叫んでいるが、彼を助けるために、瓦礫を、一つ一つ剝《は》ぎ取らなければならないが、そんなことをしていたら、自分も、近づいてくる火災に巻き込まれて、死んでしまう。だから、どうしても、友達を、助けることができなかった。その時、瓦礫の下敷きになっていた友達に、もういい、君は逃げてくれと、いわれたんだそうです。そういう話も、報告されていた番組でしたから、今、十津川警部がいわれたようなことも、大震災の中ではいくらもあったのではないかと思います」

　次に、西本刑事が、

「私の疑問は、なぜ、十五年間も、犯人は、今回のような復讐をせず、今になって、実行したのかということです。どうしてなのでしょうか？」

「その理由は、いくつか、考えられるよ」

　十津川が、いった。

「どんな理由がですか？」

「例えば、こういうケースだよ。東京に住んでいる男が、十五年前、遠距離恋愛をしていて、恋人は、神戸に住んでいた。あの大震災で、恋人は、瓦礫の下敷きになって、死んでしまった。男は、自然災害だから、諦《あきら》めるよりほかに仕方がないと、思っていたら、こんなウワサを聞いた。彼女は、瓦礫の下敷きになってはいたが、その時は、まだ死んではいなかった。わずかな隙間があったので、そこで息をつきながら助けを求めた。その時、近くに、中年の男女がいた。ただ、その間には、二十五メートルの距離があった。ほかに助けられる人がいなかったので中年の男女は、何とか助けようとしたのだが、やがて、瓦礫の中から火災が発生して、ものすごい勢いで、広がり始めた。その中でも、彼女は、必死に助けを呼んだが、中年の男女は、自分たちが火災に巻き込まれて死ぬのが怖いので、逃げ出した。そのため、瓦礫の下にいた彼女は、死んでしまった。

男はその話を、聞いて、なぜ、中年の男女が彼女を助けてくれなかったのかを、問い質《ただ》そうとした。ただ、中年の男女が何者かわからなかったので、今までの十五年間、復讐《ふくしゅう》することが、できなかった。そう考えれば、西本刑事がいった十五年間、犯人は、どうして、復讐しなかったのかという疑問の答えになると思うのだが、どうだろうね？」

「たしかに、今の警部の推理なら、理由の一つには、なってきますね」

西本が、うなずいた。

「四人以外に、犯人がいる可能性は、ないんですか？　犯人は別のところにいると、考えるのは、間違っていますか？」

日下が、きいた。

「もちろん、この四人以外にも、犯人がいるかもしれないが、今は、この四人にしぼって、彼等に、加藤夫妻を殺す理由があるかどうかを、調べてみようじゃないか？」

と、十津川が、いった。

3

翌日、十津川は、神戸に帰った兵庫県警の近藤警部に電話をかけた。

十津川は、こちらの捜査会議で、どんな話があったかを説明した。

「東京の二つの殺人現場と、対応する震災現場が、十五年前の、大震災の時に、神戸の何処にあったかを調べていただきたいのです」

「なるほど、で犯人は、十五年前の大震災の時を、思い出させるような場所というか、現場を作って、加藤夫妻を、殺したというわけですね？」

「その通りです。犯人にしてみれば、多分そこまでして、復讐を正当化したかったことになりますが、これは同時に犯人のことも分かってくる危険をはらんでいるのです。この二つの殺人事件と、どこかで、符合するような現場が、十五年前の大震災の時にも、あったのかが分かれば、犯人の身元も自然に分かって、事件の解決が見えてくると思うのです」

「分かりました。すぐに手配して、今、十津川さんがいわれたような現場がなかったかどうか調べてみます」

近藤警部が、いってくれた。

十津川たちの方は、捜査本部の近くにある公園に行って、実際に、二十五メートルという距離がどんなものか、試してみることにした。

十津川は、最初、二十五メートルを、短いなと思っていた。百メートル競走の直線距離、その四分の一だし、五十メートルプールの半分である。

高校時代、十津川は、百メートルを、十四秒で走っている。単純に二十五メートルに直せば、三秒半である。ひとっ飛びの距離ではないかと、思ったのだが、実際に、二十五メートルを作り、そこに、大地震で、倒壊したと思われるものを、どんどんぶちまけていった。倒れている電柱や、倒壊した家など、ほとんどが、ボール紙で、作ったものである。

倒れた電柱、倒壊し、道路のほうに崩れてきた家屋、置き去りになっている、自動車や自転車、その上、火が燃え始めたということで、赤色灯を、何カ所かに置いた。

そうしておいて、改めてこちら側に立ち、二十五メートル向こうに、西本刑事を立たせて、助けてくれと、叫ばせた。

二十五メートルのこちら側から、飛び出していこうとするが、倒れている電柱とか、ビルとか、置き去りにされた自動車とか、ところどころに散らばった赤色灯が、邪魔をして、簡単には、二十五メートルの距離が突破できなかった。

「あの時には、大きな余震が、絶えず起きていて、倒壊する家から逃げ出した人たちは、陥没した道路を、必死に逃げまどっていたといわれています」

そばから、亀井が、いう。

「それに、ところどころで、火災が起きていましたから、まっすぐには、走れなかったかもしれません」

と、三田村も、いう。

目の前の段ボールの山、これは、倒壊したビルの代わりだが、段ボールの山でも、簡単には越せないのだ。積み重ねた段ボールの山が、ズルズルと、崩れていく。

十津川たちは、少しでも、大震災と同じ状態を作ろうとした。新しく倒壊してくるビルの代わりに、持ってきた、段ボールを、どんどん投げ捨てていく。

新しく、火災が起きたと考えて、赤色灯の数を、増やしていく。

「これでは、自分を守るために逃げますね」

と、亀井が、いった。

「逃げるかね？」

「実は昨日、阪神淡路大震災の、写真集を手に入れて、見ていました。方々で、火事が起きるし、震度五くらいの強い余震が、続けて、起きていた。火事のために一つのマーケットが、焼失してしまった。そんな写真も、ありました。余震もないし、火災も起きなければ、何とか、二十五メートルを駆け出していって、人を助けることは、できますが、助けを放棄して、逃げ出したとしても、誰もそれを非難はできないと思いますね。あの大震災は、それぐらい、ひどい地震だったんですよ」

と、亀井が、いった。

4

その後、十津川たちは、それぞれに別れて、真下みどり、白石勝敏、小林誠の三人に、改めて、神戸で、大震災に遭った時のことを、聞くことにした。

真下みどりには、三田村と北条早苗刑事の二人が、会いに行った。

白石勝敏には、西本と日下の二人が、話を聞きに行った。

十津川と亀井は、小林誠と会うために、彼が社長を務める会社に、足を運んだ。

小林誠が社長をやっているIT産業の会社は、月島《つきしま》の超高層マンションの、最上階にあった。面積二百五十平方メートル、そこに、小林誠の会社と、彼の、住居があった。

社員の数は少ないが、成功者らしく、活気のある会社である。

その社長室で、十津川は、小林誠に会った。

十津川は、小林誠の顔を見るなり、単刀直入に、きいた。

「あなたは、今回の旅行に行く時に、自分も両親も、大震災の時には、神戸にいたと、どうして、正直に、おっしゃらなかったのですか？」

「あの時、私は、両親と一緒に、神戸駅の近くの、マンションに住んでいました。そのマンションが、倒壊してしまいましてね。私の目の前で、両親は、亡くなりました。それで、神戸には、なかなか、行く気にはなれませんでした。どうしても、両親の死んだことを、思い出してしまいますからね。ですから、あの震災の後、神戸を、新幹線で通ったことは、ありましたが、神戸で、降りたことはなかったんです。それが、今回の旅行案内を見ていたら、急に、神戸の、あの倒壊したマンションの跡を、見に行く気になったんですよ。それは、十五年という歳月の、せいでしょうね」

「あなたのお父さんは、経営コンサルタントの仕事を、なさっていた。それも、主に、中小企業のコンサルタントをね。これは、間違いありませんか？」

「ええ、間違い、ありませんよ」

「今回、奇妙な形で、殺された加藤夫妻は、神戸市長田区で、町工場をやっていました。いわば、典型的な中小企業です」

十津川が、いうと、小林が、笑って、

「なるほど。それで、加藤夫妻と、私の父親、その息子の私も、関係があるということに、なってくるんですか？」

「あなた一人を、疑っているわけではありません。殺された加藤夫妻と一緒に、神戸旅行に行かれた四人、あなたと、白石勝敏さん、それに、真下みどりさんと、はるかさんの母娘、この四人は、一緒に、神戸旅行に行っていますからね。向こうで、加藤夫妻が誘拐され、その後、東京で、殺されました。そうなれば、当然、あなたを含めた四人が、第一の容疑者に、なるのは、仕方のないことでしょう。われわれ警察に疑われたくないと、思われるのなら、正直に話して、いただきたいのですよ。十五年前の一月十七日の早朝、五時四十六分大地震が、起きた時、あなたとご両親が、どこに住んでいて、何をしていたのか、正直に話して下されば、いいのですよ」

その後、十津川は、神戸市内の地図を取り出して、赤丸をつけたところを、指さして、

「ここは、あなたの証言で、ご両親と一緒に住んでいたマンションの、あった場所です。このマンションに、大地震があった時、ご両親と一緒に住んでいたことは、間違いありませんか？」

「間違いありませんよ。まだ両親は、朝が早かったので、家にいたし、僕もまだ、学校には、行っていませんでしたから、一緒にマンションに、いたんです。マンションが倒壊して、私はまだ子供だったので、狭い隙間に、挟まれて、助かったのですが、両親は、瓦《が》礫《れき》の下敷きになって、死んでしまいました。本当のことですよ。警察が私を疑うのなら、いくら調べても構いませんよ」

と、小林が、いった。

その後、亀井が、十五年前の大震災の時に、親子三人で住んでいたマンションの名前と住所、電話番号を聞いた。

「ほかに、ご両親の写真が、あったら、貸していただけませんか？」

小林が、引き出しから取り出して、渡してくれたのは、両親と小林誠が、神戸で、十五年前に一緒に、撮った写真だった。

5

白石勝敏に会いに行った西本と日下の二人は、少し遅れて、捜査本部に、戻ってきた。

「今回は、何もかも、話してくれましたよ」

西本が、嬉《うれ》しそうな顔で、十津川に、いった。

「病死した奥さんは、神戸の大震災の後で一緒になった、いわば後妻さんで、前の奥さんは、十五年前の大震災で亡くなっていました」

「そうか、白石勝敏も、十五年前の大震災で、大切な人を亡くしているのか」

「当時、白石勝敏は、T銀行の、神戸支店で勤務中だったそうですが、住んでいたマンションは、銀行から、歩いていけるところにあって、あの大震災の時に、倒壊しています。白石自身も、その時にケガをしたそうですが、奥さんは、瓦礫の下敷きになって、亡くなったのだと、正直に話してくれました。自分ひとりの胸の中に、しまっておきたかったと、いっていました。その後、白石は、T銀行の各支店を、転々としたのですが、その途中で再婚した。この奥さんは、二年前、病死しています」

「まさか、その奥さんも、神戸で震災に遭っているというわけでは、ないんだろうね？」

「それは、違いました。大震災には遭っていません。大震災から、五年ほど経って、白石勝敏が、五十歳になった時、T銀行の熱海支店に転勤した時に、ある人から、勧められて見合いをして、それで、結婚したそうです。しかし残念ながら、今、いいましたように、二年前に病死しています」

「神戸の大震災の時に、前の奥さんを、亡くした。瓦礫の下敷きになって、死んだと、君はいったが、もう少し詳しい話は聞けなかったのか？」

「白石の話によると、最初のドスンという大きな揺れが来た後、白石は、とにかく、出口を開けておかなければと、玄関に行き、ドアを開けた途端に、天井と壁が、崩れてきたというのです。奥を見たら、奥さんの姿が消えていた。奥さんは、崩れてきた天井や壁の下敷きに、なってしまったと、白石は、いっていました」

と、西本が、いった。

最後は、真下みどりに話を聞きに行っていた三田村と、北条早苗の報告だった。

「手こずりましたよ」

三田村刑事がいった。

「手こずったというと、彼女が、正直に話してくれなかったのか？」

「自分の店が、入っていたビルが倒壊したり、火災になったことは、詳しく、話してくれるのですが、娘のはるかの、父親のことになると、なかなか、話してくれないのですよ。どんな男で、今、どこに住んでいるのかを聞いても、ノラリクラリで、もう、覚えていないとか、娘のはるかにも、父親がどんな男なのか、話したことはないとか、やたらに、トボけられました」

と、三田村が、いった。

「しかし、娘の父親が、店の常連客の中にいたとか、学生時代からの、友達だとか、そういうことは、いわないのか？」

十津川が、きくと、今度は、北条早苗刑事が、

「いや、全然、話してくれませんでしたね。もう忘れたとか、死んだと、聞いたとか、話が、信じられないのですよ。たぶん、娘の父親には、何か、話したくないような秘密があるんじゃありませんかね？　例えば、前科があるとか、家庭内暴力で、苦労させられたとか、ひょっとすると、現在、刑務所に入っているのではないかとか、いろいろと、想像してみたのですが、どれが、当たっているのかは、分かりませんでした」

と、いって、早苗が、笑った。

第五章　被害の形

1

問題の四人が、果たして、今回の事件の犯人としての条件を、満たしているかどうかを、十津川は、兵庫県警の近藤警部に協力して貰《もら》い、もう一度、検証することにした。

まず、白石勝敏である。

警察に対する白石勝敏の証言は、こうだった。

十五年前の大震災の時、白石勝敏、当時四十五歳は、妻の敬子、当時四十歳と、T銀行神戸支店の社員寮でもあった、三宮駅近くのマンションに住んでいた。

一月十七日の大震災当日、そのマンションが倒壊し、幸いにも、白石当人は軽いケガだけで済んだものの、妻の敬子は、倒壊したマンションの瓦礫の下敷きになって亡くなってしまった。それが前の奥さんで、その後、再婚したが、その後妻も、二年前に病死していると、白石勝敏は、証言していたのである。

今回、白石勝敏の証言が本当かどうかを調べてみると、先妻、敬子が、十五年前の大震災の犠牲になったことは、間違いないし、その後にもらった後妻が、二年前に病死していることも、事実だった。

ただ、大震災の時、夫婦で住んでいたマンションで白石が負傷し、妻の敬子のほうだけが、瓦礫の下敷きになって、死んだというのは、少しばかり違っていた。

正確にいえば、重傷を負った白石の先妻、敬子は、何とか、救急車が間に合って、病院に運ばれたのだが、途中、倒壊した住宅やビルの瓦礫に、行く手を阻まれて、なかなか、病院に着くことができず、結局、病院に到着する前に、救急車の中で、死亡していたことが、分かった。

白石勝敏も、負傷をしていたが、この時は、重傷を負った妻の敬子に付添う形で、その救急車に乗っていたことも、分かった。

もし、倒壊した建物の瓦礫が、道路を塞《ふさ》いでいなければ、救急車は、病院に到着し、敬子は、手当てが間に合って、助かっていたかもしれない。白石勝敏は、そう思っているのではないのか？

とすれば、白石は、誰に対して、恨みを持つだろうか？

地震で、倒壊して、道を塞いだ、ビルの持ち主だろうか？　そのビルを設計した建築士、建設した建設会社を、恨むだろうか？

そのどちらにしろ、白石勝敏の恨みの矛先《ほこさき》が、大震災の時、長田区で、町工場を経営し、主として革靴を製造していた加藤夫妻に向いていなかったことだけは、間違いないだろう。

とすれば、白石勝敏が、今回の殺人事件の容疑者とは、考えにくい。

十津川は、そう判断した。

2

次は、小林誠である。

彼は、現在二十五歳。IT産業の若い社長だが、十五年前の大震災の時には、まだ十歳の小学生である。

小林誠は、十五年前の大震災の時、どこに住んでいて、どういう目に遭ったのか、そのことを質問した警察に対して、次のように答えていた。

その時、小学生だった小林誠は、両親と一緒に三人で、神戸駅近くのマンションに住んでいた。父親は当時、中小企業相手の経営コンサルタントを、やっていた。

十五年前の一月十七日早朝、突然、大震災が神戸を襲った時、小林誠は、そのマンションが倒壊し、自分だけが、助かって、両親は、倒壊した建物の下敷きになって、二人とも死亡したと、証言している。

しかし、兵庫県警が調べてみると、神戸の大震災で、両親が亡くなったことは、間違いなかったが、小林誠の証言には、事実と違う点が一つあった。

一月十七日の早朝、大震災が神戸を襲った時、自宅マンションにいたのは、母親と、一人息子の、小林誠の二人だけだったのである。小学生だった小林誠は、辛うじて助かったが、母親は死亡した。

問題は、父親である。

父親の小林健一、当時四十二歳は、中小企業相手の、経営コンサルタントとして忙しい日々を送っており、主として関西方面の中小企業の社長に対して、講演をして歩いていた。

大震災のあった一月十七日には、長田区営の保養所に泊まっていた。前日の十六日の夜、神戸の長田区で、中小企業の社長約三十人を相手に、これからの中小企業の生きていく方法についての講演をし、講演会を主催した関係者と、飲んだ後、そのまま、長田区内にあった、区の保養所に泊まった。

小林健一と一緒に泊まった人の中には、東京の大学から呼ばれた、日本の中小企業に関する本を出している助教授もいた。

小林健一は、その翌日の朝早くに起きた大震災で、保養所が潰《つぶ》れ、その建物の中で死亡していた。

ただ、その長田区営の保養所は、大震災で建物が、倒壊しただけではなくて、火事にも遭っていた。

当日、保養所に泊まっていた人たちの遺体を司法解剖したところ、小林健一を含めた五人の死亡原因は、建物の倒壊による圧死ではなくて、その後の火災による焼死だと判明した。

つまり、建物が倒壊した時には、小林健一を含めた五人の宿泊者は、まだ生きていたのだ。

十津川が、そういうと、

「小林誠が、今回の殺人事件の犯人である可能性は、残っているわけですね？」

と、近藤警部が、電話の向こうで、いった。

小林誠の父親、小林健一が、十五年前の大震災の時、自宅のマンションではなくて、一人だけ、長田区内の保養所にいたという事実を、突き止めてくれたのは、近藤警部である。

「近藤さんが調べてくださった問題の保養所ですが、倒壊した後、火災に遭ったが、それは、保養所だけではなくて、その周辺の建物全てが、火事になったと、あなたの報告書には書かれています。そうなると、自分の父親だけが、助かる筈《はず》なのに、火事のせいで、助からなかったと小林誠が、考えるのは、少しばかりおかしいのではないか、私には、その点が、引っ掛かります」

と、十津川が、いった。

十津川と近藤警部とは、電話で、話し合っているので、どうしても、意思の疎通に時間がかかってしまう。

それで、近藤警部が、いう。

「たしかに、大震災の当日、小林健一が泊まっていた長田区営の保養所だけでなく、周辺一帯が、地震の直後、火災に遭っています。一方、加藤夫妻も、同じ長田区に住んでいて被災しています。たまたま、その保養所のそばにいた加藤夫妻が、あの現場から、小林健一さんを助け出していたら、死ななくて、済んだかもしれないと、誰かが、小林誠に話していたとすると、それを、真に受けて、彼が、加藤夫妻に、復讐《ふくしゅう》したということも、考えられなくはないと、私は、思っているのですが」

「たしかに、近藤さんのおっしゃる通りですが、今回の犯人は、二十五メートルという距離に、やたらに拘《こだわ》っています。つまり、二十五メートルの距離の向こうに、加藤夫妻がいて、助けようとすれば、助けることができたのに、助けてくれなかった。だから、復讐したのだと私は、解釈しているのです。そうなると問題は、長田区営の保養所の火事が、いったい、どの程度の広がりを、持っていたのかということです。それが知りたい。もし、二十五メートル以上の周辺が、火災で燃えてしまっていたら、小林誠は、容疑圏外になってしまいます」

と、十津川が、いうと、

「分かりました。早速、火災の範囲を調べてみましょう」

と、近藤警部が、答えた。

3

三人目は、真下みどり、はるかの母娘である。

真下母娘は、十五年前の大震災には、遭っているが、母娘が、亡くなったわけではない。

となると、問題は、この親子に関係のある誰かが、大震災で、亡くなり、その上、亡くなった理由が、加藤夫妻にあると、真下母娘が、思い込んでいるケースである。

十津川は、大震災の被害者は、真下みどりの別れた夫、つまり、現在、女子大生になっている、真下はるかの父親ではないかと、考えた。

ところが、今のところ、真下みどりは、彼について、何もしゃべってはいない。

そこで、十津川は、この点に関しても、兵庫県警の近藤警部に、調査を依頼した。

　三日後、近藤警部が調べてくれたことが、ファックスで送られてきた。

　その報告書には、こうあった。

「十五年前の大震災の時、真下みどりは、二十六歳で、娘のはるかは、八歳でした。

　つまり、その八年前に、はるかは、生まれたことになります。

　そう考えると、真下みどりは、十八歳で、娘のはるかを産んだことになります。

　当時の、真下みどりを、よく知っているという人の話によると、その頃、真下みどりは、まだ、自分の店を持っていなくて、同じ神戸の繁華街にあった『クラブ愛』という店で、ホステスを、やっていたそうです。

　彼女は十八歳と若くて美人だったので、なかなか、人気のあるホステスだったといいます。当時の名前は、井上《いのうえ》みどりです。

　当時のことを知る『クラブ愛』の経営者や、常連客だった男たちに聞いて回ったところ、真下圭介《けいすけ》という名前の、一人の男が、浮かび上がってきました。

　当時十八歳だったみどりと関係があった男として、この真下圭介という男が浮かんできたのですが、彼は、みどりよりも二十二歳も年上の四十歳で、神戸市内で、レストランを経営していたそうです。

　みどりは、十八歳で、真下圭介の子供を産むと、強引に、結婚を迫り、弁護士まで雇って、真下と結婚をすると、真下みどりと、名乗るようになったといわれています。しかし、この結婚には、相当な、無理があったらしく、二年後に、真下圭介とは、別れてしまっていますが、その後もずっと、彼女は、真下姓を、名乗り続けています。

十五年前の大震災の時、真下みどりがやっていた店も、住居のマンションも、ともに、倒壊し、直後の火災で、焼けてしまいましたが、その後で、真下みどりが、神戸市役所に行って、被災者の中に、真下圭介という名前がないかどうかを、調べていることが分かりました。

私も、神戸市役所に行って、調べてみましたが、真下圭介という名前は、死亡者の中には見当たらず、行方不明者の中に、その名前が見つかりました。現在もまだ、真下圭介は、行方不明のままに、なっています。もし、今、生きているとすれば、六十三歳に、なっているはずです。

十五年前の、大震災当時、真下圭介は、三宮の繁華街で、従業員二十人ぐらいの、ステーキハウスを経営していました。結婚はしていませんでしたが、店と同じビルの一室で、亜紀《あき》という二十代前半の若い女性と、同棲《どうせい》していたと、証言する人もいます。

十五年前の大震災で、このビルも倒壊し、多くの死者が、出ているのですが、その中に、真下圭介の遺体は、なかったそうで、それで、行方不明という記載に、なっていたと思われます。

真下圭介と同棲していた亜紀という若い女性ですが、その行方は今のところ、分かっておりません。

ただ、彼女は大震災の前日、母親が住んでいる山形に帰っていて、無事だったとわかりました。

彼女は、大震災から数ヵ月後、友人に、こう、いっていたそうです。

真下圭介からは、大震災の日以来、何の連絡もない。生きているのか、死んでいるのかも分からないと。

以上、今までに分かったことを、ご報告します」

この報告書を読んだ後、十津川は、すぐ、神戸にいる近藤警部に、電話をかけた。

「報告書、ありがとうございました。今、拝見しました。問題は、殺された加藤夫妻との関係だと、思うのですが、みどりの元夫であり、はるかの父親である、真下圭介と加藤夫妻との間に、何か接点があったのですか？」

「その点について、私も、いろいろと調べてみましたが、分かりません。加藤夫妻は、すでに、殺されてしまっていますから、二人に、聞くわけにもいきませんし、真下圭介のほうも、あの大震災以来、行方不明のままですから調べようがないのです。ただ、加藤夫妻は、長田区で、町工場を経営し、革靴を製造しているわけですから、取引先の人を、真下圭介の経営していたステーキハウスに招待して、接待するようなことが、あったのかもしれません。その可能性は、捨てきれません」

「神戸で、大震災があってから、すでに、十五年が経っているわけでしょう？　それでもまだ、真下圭介は、行方不明のままなのですか？」

十津川が、きいた。

「その点は、私も不審に思って、こんな可能性もあるのではないかと考えたことがあるんです」

「それを、ぜひ聞かせて下さい」

「大震災の後で、真下みどりは、神戸市役所に行って、真下圭介の消息を尋ね、行方不明になっていると、知らされました。しかし、真下みどりは、身元不明の死者の中に、真下圭介を、発見したのかもしれません。しかし、理由があって、真下みどりは、そのことを、神戸市役所には、知らせなかったのではないか。それで今も、真下圭介は、行方不明のままに、なってしまっているのかもしれません。私は、そんなふうに考えてみたのですが」

「確かに、その可能性はありますね。近藤さんの想像が、当たっているとしてですが、真下みどりは、いったい何のために、そんなことをしたと、思われますか？」

「真下みどりは、真下圭介と思われる死体を、神戸市役所で見つけた。ただ、その死因に、不審なところがあって、真下圭介は、単なる大震災の、被災者ではないと、思ったのではないでしょうか？　大震災と、その後に起きた火災の中で、誰かに殺されたのではないか？　或《ある》いは、本当なら助かるべきところを、誰かのせいで、助からなかったのではないか？　そう感じたので、真下みどりは、真下圭介を、行方不明のままにしておいて、復讐を考えたんですよ。それが、今回の、殺人事件に繋《つな》がっているのではないかと、私は、推理してみたのです。十津川さんだって、ほかには、理由が考えられないでしょう？」

「そうですね。しかし、近藤さんの推理が当たっているとして、真下親子に、果たして、今回のような、凄惨《せいさん》な殺人ができるでしょうか？」

「もちろん、真下親子だけでは、無理でしょうね。ただ、男の共犯者が、いたということだって、考えられないことじゃありません。何しろ、真下みどりという女は、十代の頃からずっと、水商売をやっていて、男性を扱うことにかけては、かなり、手馴《てな》れているでしょうからね」

　と、近藤が、いった。

　十津川も、近藤の意見には、賛成したい気持ちだった。

　しかし、今のところ、真下みどりと娘のはるかの母娘については、まだ、曖昧《あいまい》なところがあって、はっきりとしたことは、分かっていないのである。

そのことをいうと、近藤警部は、さらに、捜査を進めて、分かったことがあれば、すぐ、ファックスで、報告すると、いってくれた。

4

十津川は、兵庫県警の近藤警部にばかり、捜査を頼んでいるわけではなかった。

小林誠も真下親子も神戸を離れ、現在、東京に、住んでいる。そこで、この三人が、果たして、四月五日と、七日の二日間、あの凄惨な殺人、加藤夫妻殺しを、実行することが、できたかどうか、調べることにした。

小林誠にしても、真下みどり親子にしても、単独で、あの大きな殺人を、できるわけがないと考えた。

となると、小林誠にも、真下みどり母娘にも、誰か、共犯者がいたことになる。

そこで、十津川たちは、彼等に、あのような大きな殺人事件を、起こすことができる共犯者が、果たして、いたかどうかを、調べることに全力を挙げた。

ＩＴ産業の社長をやっている小林誠が、共犯者として、殺人の手助けを頼めるとすれば、まず考えられるのは、彼が社長をやっている会社の、全部で十八人いる、社員たちである。

社員たちはいずれも若く、小林の大学時代の同窓生が、多い。小林誠が、犯人だとすれば、二十五メートルの半径の円の下に、発火装置を、まんべんなく並べたり、深い落とし穴をいくつも、掘ったりすることを、社員たちに頼んだことになる。そうだとすれば、共犯者の中には、土木作業の専門家が、いたはずである。二つの殺人現場を造るには、素人では不可能だからだ。

しかし、十八人の社員の中に、土木作業の専門家は、見当たらなかったし、その十八人の社員の、家族や友人、知人にまで広げて調べても、あの復讐《ふくしゅう》劇が実現できるような、大きな土木作業が、可能な人間は見つからなかった。

(小林誠が犯人である可能性は、かなり低いといわざるを得ない)

と、十津川は、思った。

次は、真下みどりと、はるかの、関係者である。

真下みどりは、現在、東京の北千住で、自分のクラブを、経営している。

彼女は、現在四十一歳だが、年齢よりも五、六歳は、若く見えて美人だし、愛敬《あいきょう》もあるから、彼女目当てに、足しげく、店に通ってくる常連客も多いという。

その中には、建設会社の人間もいるだろう。調べてみると、二つの殺人現場を造れるような建設会社の社長が、常連客の中に、三人いることが分かった。

十津川は刑事たちに命じて、この三人の社長について、最近の、仕事の状況を綿密に調べさせた。

三社は、いずれも、中小企業の建設会社だが、金さえあれば、建築資材は、揃えられるし、作業員も、簡単に集められるだろう。その上、現在、不況で、公共事業がストップしてしまっているので、仕事が無くて困っているというのも、三社の社長三人に共通していた。

それだけに、真下みどりが大金を出すといえば、少しばかり、危ない仕事であろうと、喜んで引き受けたのではないのか？

十津川は、その三社の、最近の仕事ぶりや、真下みどりとの関係、各社が持っているダンプカーやパワーショベル、建築資材の、動きなどを、刑事たちに綿密に調べさせた。

その一方で、十津川は、亀井と二人、現在、北千住で、クラブをやっている真下みどりに、会いに、出かけた。

二人は、店の閉店時間間際に行き、客の姿が、無くなるのを待って、十津川が、ママの真下みどりに、声をかけた。

「あなたは、神戸にあった『クラブ愛』という店で、最初、ホステスとして、働いていましたね？　その時の年齢は、十八歳でした。客として店に来て、あなたを指名していた、三宮でステーキハウスを経営していた真下圭介と関係して、十八歳で、お嬢さんのはるかさんを、産みましたね？　これは事実ですね？　間違いありませんよね？」

「そんな昔の話、いったい、誰から聞いたんですか？」

　みどりが、怒ったような顔で、反対に聞いてくる。

「兵庫県警が、調べてくれたんですよ。あなたは、娘さんが生まれると、強引に、真下圭介に迫って、結婚を承諾させ、真下姓を名乗り、娘さんも、真下はるかになりました。しかし、わずか二年後に離婚をしていますが、今から十五年前の大震災の直後に、あなたは、神戸市役所に行って、真下圭介の消息を、聞いていますね？　これも全て、兵庫県警が、調べてくれたことだから、違うとは、いわせませんよ。どうですか、間違いないですよね？」

　十津川は、少しばかり威圧的に出た。そのほうが、真下みどりが、本当のことを、しゃべるのではないかと、思ったからである。

　案の定、みどりは、

「ええ、たしかに、大震災の後で市役所に行きましたよ。何といったって、はるかの父親がどうなったのか、心配でしたもの」

「それで、真下圭介さんの安否は、どうだったのですか？　生きていたんですか、それとも、死んでいたんですか？」

「それが、いくら調べても、分からなかったんですよ。彼が、ステーキハウスを経営し、住んでいたビルは潰《つぶ》れて、たくさんの死者が、出ていたんですけど、その中に、真下圭介の名前はありませんでした」

「つまり、真下圭介さんは、行方不明ということだったんですね？」

「ええ、刑事さんは、十五年も前のことを調べて、どうなさるおつもりなんですか？」

みどりが、逆に、聞いてきたが、十津川は、それには、答えず、黙っていると、今度は、亀井が、

「しかし、あなたは一度、真下圭介さんと結婚されているんですから、身元不明の死体を見れば、それが、真下圭介さんかどうかは、分かるわけですよね？　それでも、いまだに、真下圭介さんは、行方不明のままなんですか？」

「ええ、そうらしいですね。でも、もう終わったことですから」

と、みどりが、いう。

「あなたは、真下圭介さんが、行方不明ではなくて、すでに、亡くなっていることを、ご存じなのではありませんか？　大震災の直後に、市役所に行って、身元不明の死者について、いろいろと、情報をもらったんでしょう？　その中に、真下圭介さんと思われる人物を、発見したんじゃありませんか？　それなのにあなたは、身元不明の、ままにしておいた。それで、今でも、真下圭介さんは、行方不明のままでいる。違い

ますか？」

「どうして、私が、そんなことを、しなくてはいけないんですか？　私が、そんなことをしなければならない理由が、ないじゃありませんか？」

「あなたが、発見した真下圭介さんと思われる死体は、少しばかり、不審な死に方をしていた。地震では生き延びたが、誰かがその混乱に乗じて、真下圭介さんを、殺してしまった。そう推測し、あなたは、真下圭介さんの復讐を、考えたんじゃありませんか？」

「復讐？　そんなこと、考えませんよ。だって、あの大震災では、誰もが皆、被害者なんですから、復讐も何も、ないじゃありませんか？」

　と、みどりが、いう。

「それでは、お聞きしますがね。今回の神戸旅行で、あなたと一緒だった、加藤夫妻が、何者かに誘拐、監禁されて、東京で続けて、あんなむごい殺され方を、してしまいました。あれは、単なる殺人では、ありませんよ。明らかに、十五年前の復讐ですよ。あの殺人劇を考えたのは、あなたじゃありませんか？　その動機は、真下圭介さんの死にあった。そうではありませんか？」

「私じゃありませんよ。なぜ、私が、別れた男のために、復讐なんかしなければいけないんですか？」

「それは、真下圭介さんが、あなたの娘さんの、はるかさんにとっては、たった一人の、父親だからですよ。それに、あなたは今、あの大震災では、誰もが皆、被害者だと、おっしゃいましたが、その被害者の中にも、大震災の本当の被害者も、いれば、震災のどさくさに紛れて、誰かに、殺された人もいるでしょう。それに、誰かが、助けてくれなかったがために、助かる命を、落としてしまった被害者もいるでしょう。亡くなった真下圭介さんは、後者だったのではないかと、私は、考えているのです。あなたは、真下圭介さんのために、復讐を計画して、それを、実行したんじゃありませんか？」

「バカらしい」

と、真下みどりが、吐き捨てるように、いった。

「私の娘は、今、二十三歳で、大学生なんですよ。私が、もし、殺人事件を、起こして刑務所に入るようなことになったら、娘のためにならないじゃありませんか？　母親が、娘を不幸にするようなことをどうして、するんですか？　誰が考えたって、そんなことをする母親なんて、いるはずが、ないじゃありませんか？」

真下みどりは、また怒ったような口調で、いった。

5

二日後、小林誠についての、新しい調査報告書が、兵庫県警から、ファックスで送られてきた。

「小林誠の父親、小林健一、当時四十二歳が、阪神淡路大震災の当日に、泊まっていた長田区営の保養所と、その周辺は、あの大震災で、壊滅的な被害を蒙《こうむ》り、その上、火災が起こって、保養所は、全焼してしまいました。

その現場の地図を、これから、送ります。

斜線で示したのは、問題の保養所の周辺が、どの程度、焼失してしまったのかを、表しています。

これを見ていただければ、十津川さんのお知りになりたいことが、一目瞭然《いちもくりょうぜん》だと思います」

そのあと、問題の地図が送られてきた。長田区の区営保養所を中心とした地図である。

大震災で倒壊し、その後、火災が起きて、焼失してしまった範囲が、斜線で示してあった。半径二十五メートルではなくて、半径百メートルの、巨大な円が描かれていた。

その地図を見ながら、十津川が、亀井に向かって、

「白石勝敏、続いて、小林誠の線も、これで消えたね」

と、いった。

6

真下みどりのクラブに、しばしば出入りしていたという三人の社長の建設会社、その一つ一つを、それぞれ四人の刑事が担当して入念に調べた結果が、十津川に、次々と、報告されてきた。

第一のA社は、五十歳の社長を筆頭に、二十八人の社員がいるという、建設会社である。典型的な中小企業だが、ある大手の建設会社の下請けとして、これまでは主に、関東地方の公共事業を、引き受けたりしていたのだが、不景気の現在、小さな仕事しか回ってこないという。

このA社の最近の経営状態を調べてみた。もし、この建設会社が、真下みどりの、

共犯者だとすると、二つの殺人現場を建設するのに必要な金は、真下みどりから、出ているはずである。

ところが、ここ数ヵ月間、A社の経営状態は、赤字続きで、真下みどりから、金をもらって、二つの殺人現場を造り上げたような証拠とか、形跡とかは、全く、見当たらなかった。

B社は、三十二歳の若い社長の会社で、社員は三十人である。今は、やはり、以前のような大きな仕事がなくて、ほとんどの仕事が、マンションや、一戸建て住宅の改修工事、いわゆるリフォームの、小さな、仕事ばかりだった。

このB社についても、最近数ヵ月の経営状態を調べてみた。

A社と同じように、毎月の収支が赤字で、例の二つの殺人現場の建設を引き受けたと思われるような形跡は、全く、見られなかった。

最後のC社は、最近まで六十歳の男が、社長をしていた中堅企業だが、従業員は、三社の中では、一番多い五十人という会社だった。

その社長が、一ヵ月ほど前に、突然、死亡したため、現在は、その妻、四十五歳が社長になっていた。

このC社についても、経営状態を調べてみた。

社長が死んだ時、ここ数年、赤字続きだったので、妻は、会社を清算することを考えていたのだという。

しかし、従業員たちの、希望で、妻が、新たに社長に、就任し、もう一度、会社を立て直す決意を、したという。

その直後に、真下みどりが、大金を払って、復讐《ふくしゅう》の手助けをしてくれといえば、C社なら、承諾していたかもしれない。それだけ、前社長が、死んだ時には、経営状態が、最悪だったのである。

しかし、真下みどりが、大金を渡して、C社に仕事を頼んだ形跡は、全く見られなかった。

現在のC社は、相変わらず経営が苦しくて、女社長は、

「やはり、一ヵ月前に、主人が死んだ時、会社を閉鎖してしまえば、よかったのかもしれない」

と、今も、そんな弱気なことを、口にしているという。

真下みどりのクラブの常連客の中で、建設会社を、やっている三人には、あの二つの殺人現場を造るのを手伝った証拠は、見つからなかった。それでも、まだ真下みどりと、娘のはるかが、犯人ではないという確証は、つかめていない。

十津川たちが、この三つの建設会社を調べたことは、ムダには、ならなかった。

突然、真下みどりが、お話ししたいことがあるといって、自分のほうから捜査本部

に、十津川を訪ねてきたのだ。

真下みどりは、十津川に会うなり、険しい顔で、

「ウチの大切なお客さんのことを、あれこれ調べるのは、止めていただけません？　警察が、やたらに、調べ回っているので、困るという苦情が、こちらに来ているんですよ。お店のお客さんがみんな逃げてしまうから、やめて下さいな」

「われわれは、加藤夫妻が、殺された殺人事件の捜査を、しているのでね。どうしても、あなたの店のことや、真下圭介のこと、それから、常連のお客さんのことを、調べざるを得ないのですよ。それが困るとおっしゃるのなら、あなたが、何もかも話して下さるしかありませんね」

と、十津川が、いった。

みどりは、しばらくの間、何やら考え込んでいたが、そのうち、

「分かりました」

と、急に、大きな声を出した。

「真下圭介さん、つまり、私の別れたダンナのことを、刑事さんに、正直にお話しすればいいんでしょう？」

みどりが、開き直ったような口調で、いった。

十津川は、笑って、

「そうです。何もかも、包み隠さず、正直に、話してくだされば、それで、いいんです。十五年前の阪神淡路大震災の後、あなたが、神戸市役所に行って、真下圭介さんの、消息を確かめたというのは、事実ですね？」

「ええ、行きましたよ。いくら、別れたといっても、二年間一緒に暮した男だから心配になったので、どうなっているのかと思って電話をかけたら、通じなかったんですよ。それで、少し落ち着いてから、市役所に行って、真下圭介の消息を、確認したのです。それは、間違いありません」

「そうしたら？」

「真下圭介は、行方不明になっているといわれたんです」

「行方不明だといわれて、あなたは、納得してしまったんですか？」

「真下の店が入っていたビルが、倒壊してしまって、何人もの死者が出ていると、聞かされました。その中に、真下の名前がないので、一応、行方不明になっていると、聞かされたんですよ。それで、身元不明の、死体というのは、どうなっているのか、詳しく、説明してもらえませんかと、いったんです。そうしたら、市役所の人が、身元が分からなくて、困っているという死体について、親切に説明してくれました」

「その中に、あなたの知っている真下圭介さんが、いたんじゃありませんか？」

「ええ、いました。真下と思われる死体がありました」

「でも、そのことは、市役所の人には、いわなかったんですね？」

「ええ」

「どうしてですか？」

「だって、その死体だけが、ほかの人とは違って、おかしな死に方だったからですよ」

「どんなふうに、おかしかったんですか？」

「ほかの人は、ビルが倒壊して、それで、下敷きになって亡くなっているんですけど、その死体だけは、なぜかそのビルから百メートルほど離れた場所で、死んでいたというんです。その上、焼死体で発見されているんですよ。そのくせ、そこは、焼けていないんです。誰が見てもおかしいでしょう？　それで、わざと、見つからないといって、市役所から帰ってきたんです」

と、みどりが、いった。

「それで、真下圭介さんのことは、どう、考えたんですか？」

「あの大震災の時には、何千人もの死者が、出ていますけど、運がよくて、危うく、助かった人もいるし、逆に、運がなくて、亡くなった人もいます。真下は、体も頑健で、人を押しのけたって生きていくような、強い人なんですよ。それが、どうして、問題のビルから、百メートルも離れたところで、死んでいて、それも、焼死と、なっているのか？　誰かの、巻き添えになったか、あるいは、誰かに、邪魔をされたかして、死んでしまったのではないだろうか？　いろいろと考えましたけど、全く分からないんです。どうしても、私なりに、はっきり、させたかったんですよ。だから、私は、行方不明のままにしておいたんです。先日、神戸旅行に参加したのも、もしかすると、その旅行で、何か分かるかもしれないと、思ったからです」

「それで、何か、分かったんですか？」

十津川が、きくと、みどりは、小さく肩をすくめて、

「残念ですけど、まだ何も分かりません」

「それでは、加藤夫妻に対して、あなたは、何もしていない？」

「ええ、していませんよ。だって、私には、あのお二人に、何かをする必要がありませんもの」

「それを、証明できますか？」

と、亀井が、きいた。

「証明しろとおっしゃられても、殺人をしたという証明なら、簡単でしょうけど、殺人をしていないという証明は、難しいものですわ。でも、あんな大掛かりな殺人現場を、造ったりするのは、共犯者がいなくては絶対にできません。それに、共犯者に手助けを頼むにしても、お金がいるでしょう？　人殺しを頼むんですから、おそらく、百万円とか二百万円などという金額では、引き受けて、くれないでしょう？　何しろ、

あんな大仕掛けなんですから、少なくとも一千万円単位のお金は必要だと思うんですけど、私には、そんなお金はありませんよ。私が東京に来てから、お店の経理を、ずっとお願いしている税理士の先生が、いるんです。この先生に聞いていただければ、私が、そんなお金を、出し入れしていないことは、すぐに分かると思いますけど」

　そういって、真下みどりは、持参した預金通帳を十津川に預けると、

「全てお話ししました。もうこれ以上、お話しすることは、ありません」

と、いって、帰っていった。

　その日の午後、捜査会議が開かれた。

7

　その捜査会議で、容疑者四人について、こちらで、調べたこと、兵庫県警で調べてもらったこと、その両方を、十津川が、三上捜査本部長に報告した。

「結論から先に申し上げますと、われわれが、容疑者として考えていた四人、白石勝敏、六十歳、小林誠、二十五歳、真下みどり、四十一歳、真下はるか、二十三歳、この四人については、加藤夫妻を、殺す動機もありませんし、また、あんな、大仕掛けの殺人装置を造って、加藤夫妻を、殺すことも不可能だと考えざるを、得ないので

す」

と、十津川が、いった。

十津川は、兵庫県警から、送られてきた報告書を、三上本部長に、渡した。

「まず、白石勝敏についていえば、十五年前の大震災の時、彼は、先妻の敬子と、結婚していました。その頃、白石は、T銀行の神戸支店で、働いていて、夫妻が住んでいたマンションは、地震によって、倒壊しましたが、白石夫妻は、その倒壊によっては、死なず、大ケガをした先妻の敬子は、救急車で病院に運ばれることになりましたが、その途中で崩れ落ちたビルの瓦礫《がれき》などに道路を塞《ふさ》がれて、そのため病院には、間に合わず、救急車の中で死亡しています。このことから、白石勝敏が、普通に治療を受けていれば、助かったであろう先妻の敬子のために、復讐《ふくしゅう》を誓ったとしても、決しておかしくはありませんが、そうだとしても、その対象は、崩壊したビルのオーナーか、倒壊するような、地震に弱い、ビルを設計した建築士、あるいは、建設会社ということに、なってきて、長田区で町工場を経営していた加藤夫妻に向かうような憎悪は、何一つ考えられないのです。したがって、この白石勝敏は、容疑者の圏外に、置かざるを得なくなりました」

「なるほど。次は？」

「次は、小林誠です。彼は、私たちに向かって、自分は、大震災が発生した当時は、まだ十歳の小学生で、両親と一緒にマンションで暮らしていたが、十五年前の大震災の時には、そのマンションが倒壊し、子供の自分は、危うく難を逃れて、助かったが、両親は二人とも、その時に、亡くなってしまったと、証言していました。しかし、兵庫県警の調べによると、事実は、少し、違っていたのです」

「どこが、どう、違っていたのかね？」

「小林誠と、母親が一緒にマンションにいて、その時に、地震が起こって、母親が死んでしまったのは、間違いありませんでした。しかし、父親の、小林健一は、当時、中小企業相手の経営コンサルタントを、やっていて、大震災の前日、神戸の中小企業が多く集まっている長田区内で、講演をし、その日はそのまま、区営の保養所に、泊まっていました。翌朝大地震が発生し、その保養所は倒壊して、火災が、起きてしまいました。小林健一の死因は、地震によるものではなくて、地震の後で発生した、火災による焼死だとわかりました。つまり、保養所が潰《つぶ》れた時には、まだ生きていたわけです。これからは推測ですが、当時十歳、現在二十五歳の息子、小林誠は、父が地震ではなく、その後の火事で死んだことから、誰かが助けてくれれば、死なずに済んだかもしれないと考え、助けてくれなかった人間を探していた。そのために、ウソをついてまで、神戸旅行に参加し、加藤夫妻を見つけたのです。加藤夫妻が、亡くなった父親を、助けられたのに、そうせずに、見殺しにしたという確証を得、加藤夫妻を誘拐、監禁して、今度の殺人事件を起こした――。その可能性は十分にあると思い、兵庫県警に、調べてもらいました。もし、問題の保養所を、中心にして、半径二十五メートルの円内で、火事が起こっていれば、この可能性は、大きくなるはずですが、しかし、兵庫県警から、送られてきた地図を見ますと、保養所の周辺、半径百メートルが、火災で焼けてしまったことが分かりました。こうなると、やたらに、二十五メートルの距離に拘《こだわ》っている今回の犯人は、小林誠ではあり得ない可能性が、大きくなってしまったのです」

「たしかに、今の君の説明を、聞いた限りでは、小林誠が、犯人だとは考えにくいな」

「残る容疑者は、真下みどりと、真下はるかの母娘です。十五年前の大震災の時、真下みどりは、神戸で、クラブをやっていました。娘のはるかは八歳でした。一見して、この母娘は、今回の殺人事件とは、無関係のように思えます。問題は、娘はるかの父親ということになってきます。その件について、真下みどり本人は、頑《かたく》なに、口を閉ざして、その男について何もしゃべろうとはしませんでしたが、これも、兵庫県警で調べたところ、真下圭介という、みどりとは、二十二歳も年上の男がいて、この真下圭介の子供が、現在、女子大生になっている真下はるかであることが、明らかになりました。更に、大震災の後で、真下みどりは、神戸市役所に行って、真下圭介の安否を、聞いているのです。結婚をして、真下の姓になり、二年後に、離婚してからもずっと、みどりは、真下の姓を、名乗っているのです。別れた後も、今も、真下圭介を愛しているのかも、知れません」

「愛する人のための、復讐ということか？」

「真下圭介は、誰かに殺されたのではないか？　助けを呼んだのに、誰も、助けてくれなかったのではないか？　真下みどりも、そう思った。彼女が北千住でやっているクラブの、常連客の中に、建設会社をやっている人間が三人いて、その中の一人が共犯者になれば、今回の殺人事件で使われた二つの現場を造ることも可能なのではないかと、考えました。ところが、真下みどりが、突然、捜査本部にやってきて、事実をしゃべってくれました。真下圭介は、当時、三宮の繁華街で、ステーキハウスを、経営していたわけですが、その店が入っていたビルは、地震によって、倒壊しています。しかし、そのビルから、百メートルも離れた場所で、真下圭介は、焼死したことになっていたというのです。ところが、その場所は、火事になっていなかったのです。この死因は、誰が考えてもおかしいと思わざるを得ません。だから、神戸市役所では、そのことはいわなかったと、いうのです」

「同感だ。たしかに、おかしいと、私も思う」

「そして、真下みどりは、お金を使って共犯者に加藤夫妻を誘拐、監禁させ、そして、殺してしまうなどという、そんな、恐ろしいことは、絶対にやっていないというのです。それに、こちらで、いくら調べても、最近、彼女が、大金を使った形跡もなく、共犯者らしき人間も見つからないのです。真下みどりも、真下はるかも、容疑者の圏外ということになってしまいました」

「しかしだね」

三上本部長は、明らかに、不機嫌な顔で、いった。

「犯人は、四人の中の一人だと、君は、確信していたんじゃないのかね？　その四人全員が、シロだとなってしまったら、いったい、犯人は、どこにいるのかね？　誰が犯人なのかね？」

第六章　ラスト・ワン

1

三上本部長が、不機嫌に、

「これで、犯人が、誰もいなくなってしまったではないか？」

と、十津川を非難したのは、五日前である。

その五日後に開かれた捜査会議で、十津川は、改めて三上に説明した。

「五日前の捜査会議では、本部長から、犯人が、一人もいなくなってしまったじゃないかと、叱られました。しかし、実は一人だけ、マークすべき人物が、残っていたのです」

「誰だね、それは？」

「真下親子の関係者、つまり、娘のはるかの父親であり、真下みどりの男でもある真下圭介です」

「真下圭介？　たしか、その男なら、死因がおかしいと、君は、いっていたな？」

「そうなのです。真下圭介は、十五年前の大震災で倒壊した、三宮の繁華街で、ステーキハウスを、経営していたオーナーです。ビルが倒壊した時、多くの死者が出ていますが、その中で真下圭介だけが、そのビルとは別の、離れた場所で死んでいて、しかも、死因は、焼死ということでした」

「それで、解決はついたのか？」

「はい。五日ほどかかりましたが、解決しました」

「それを説明してくれ」

「真下圭介を知っている人間を探すことに苦労しました。何しろ、多くの人が死んでいますから。とにかく、四人の男を見つけ出しました。いずれも、真下圭介のことを、よく知っているという人間たちです。彼らの話を聞いた限りでは、真下圭介の評判は、よくありません。聞こえてきたのは、金を借りても、返さないとか、詐欺的にビルを手に入れ、そこで、ステーキハウスをやっているといった話ばかりでした。十五年前の大震災の時、今申し上げたように、真下圭介のステーキハウスが入っていた、三宮のビルは、倒壊しました。しかし、その倒壊によって、真下圭介は、死んだわけではありませんでした。助かった真下圭介は、金庫から現金や、前もって集めていた金塊など合計三億円とも、四億円ともいわれる資産をリュックサックに詰めて、逃げ出したのです。ところが、彼に金を貸していて、それが、焦げついていたために怒っていた人々、あるいは、真下圭介に土地やビルなどを騙《だま》し取られていた男たちが、逃げようとしていた真下圭介を捕まえ、三億円とも四億円ともいわれる現金や金塊を奪い取り、そして、彼の体にガソリンをふりかけて火をつけたのです。これは、彼らの犯行を見ていて、真下圭介のことをよく知っていた男の証言です。誰が真下圭介に火をつけて焼き殺し、誰が多額の現金や金塊を奪っていったのか、それはいまだに不明ですが、これからも、分からないと思います。犯人たちも、ある意味、真下圭介の被害者でしたから、お互いを警察に密告するようなことは、まずあり得ないからです。私は、この殺人事件には関係がないし、十五年もたっているので話してくれたんだと思います。また、これに、加藤夫婦は関係していません。真下圭介の場合も、死因が明らかになってしまった今、真下親子が、犯人でないこともはっきりしました」

「結局、容疑者は、一人も、いなくなってしまったんじゃないのかね？」

五日前の捜査会議の時と同じように、本部長は、不機嫌になった。

「そうとばかりは、いえません」

と、十津川が、いったが、三上は、

「何をいっているんだ」

と、声を荒らげて、

「五日前の捜査会議の時、君は、こういったんだぞ。ジャパントラベルが主催して、神戸への贅沢《ぜいたく》旅行に、出かけた六人のグループがいた。そのグループの中の加藤博之と、妻の幸子、この二人が、旅行先の神戸で、行方不明になり、東京で続けて殺された。犯人と思われる者は、その時、一緒に神戸に旅行した四人の中にいるのではないか、と。そして、その一人一人について、捜査し、犯人としての条件を満たしているかどうかを、君は調べたんじゃないのかね？　その結果が、ここに書いてある。これは、五日前の捜査会議で、君自身が発表したことなんだよ」

　三上は、そういって、自分の手帳に書き留めた名前を、一人ずつ挙げていった。

「最初は白石勝敏、六十歳だ。この男は、十五年前の大震災の時、Ｔ銀行の神戸支店に勤務していた。大震災で、彼は、幸いにも助かったが、先の妻、敬子は、救急車で、病院に運ばれる途中、道路が倒壊したビルの瓦礫《がれき》で、埋まってしまっていて、病院に到着するのが遅くなり、そのため、死亡してしまった。したがって、白石勝敏が、恨みを持つとすれば、倒壊したビルの持ち主か、あるいは、ビルの設計をした男、ビルを建設した会社であって、長田区で、靴の製造に従事していた加藤博之と妻の幸子では、あり得ない。だから、白石はシロだ」

　と、三上が、続ける。

「二番目は、ＩＴ会社の社長、小林誠、二十五歳だ。彼は大震災の時、十歳だった。その大震災で、小林誠は、両親を失っている。十五年前の神戸を襲った大地震は、早朝だったために、十歳だった小林は、住居のマンションにいたが、そのマンションは地震によって倒壊し、その時に、母親を失っている。ただ、父親は、中小企業の経営コンサルタントとして有名で、この時、たまたま、家にはいなかった。父親の小林健一がいたのは、講演先の長田区にあった、区営の保養所で、この建物の倒壊では死なず、その後に焼死したことが、分かっている。つまり、小林誠の父親は、大震災では死なず、その後の火事で、死んでいるということだ。それも長田区だから、加藤博之夫妻と関係があったことが推測された。しかし、君の捜査によると、小林健一は、たしかに焼死したが、彼の焼死体が見つかった周囲の焼け跡は、二十五メートルの長さではなくて、百メートルにも及んでいた。つまり、犯人が固執する二十五メートルの距離ではなかった。それで、この小林誠も、容疑者から外れると、君は、いった」

「はい、その通りです」

「三人目は、真下みどりと、娘のはるかの親子だ。君は五日前、この真下親子と関係があった男として、真下圭介の名前を挙げていた。彼は、真下みどりの男であり、また、娘のはるかの、父親でもある。この真下圭介は、十五年前の大震災の時、三宮の繁華街にあるビルで、ステーキハウスを経営していた。そのビルは、地震によって倒壊し、何人もの人間が、死んでいるのだが、真下圭介は、なぜか、そこから、百メートルも離れた場所で、焼死体で発見されたと、君は、いった。ところが、今日、真下圭介が、なぜ、焼死体で発見されたかを調べた結果を君は報告した。三人目の真下親子も、今回の事件の容疑者ではありません。君は、そういったんだ」

「はい」

「いいかね、神戸の旅行に参加した四人が怪しいと、君は、いっていたが、これで、全ての人間が、犯人ではあり得ないということになってしまったんだ。犯人は一人もいなくなってしまった。どうだね、違うかね？」

三上本部長は、五日前と同じように、不機嫌な顔で、十津川を見た。

「まだ、ほかにもいることがわかったのです」

十津川が、いった。

「ほかにもいる？　いったい、誰が、いるんだ？　被害者の二人、加藤夫妻以外に、今いった四人の客が、神戸の旅行に、参加したわけだろう？　そして、加藤夫妻を除いた四人全てが、シロになったと、君は、いったんだよ。ほかに、誰がいるというんだ？」

「今回の神戸旅行は、かなりの高額で、贅沢な旅行でした。ですから、ジャパントラベルから、添乗員が同行しています」

と、十津川が、いった。

三上本部長は、小さく、うなずいた。

「たしかに、添乗員がいたな。それは、君のいう通りだ」

「添乗員の名前は、太田和恵といい、現在二十五歳です」

「そうか、この添乗員の太田和恵も、たしかに一緒に、旅行しているから、容疑者かもしれないが、彼女についても調べたのか？」

「もちろん、調べました」

「それで、太田和恵に、容疑者の可能性はあるのか？」

「残念ながら、容疑者では、ありません。こちらで調べた限りでは、太田和恵は、東京に生まれて、東京で育っていて、両親は、二人とも今も健在です。今でも東京に、住んでいます。もちろん、太田和恵も、両親も、十五年前の大震災の時には、神戸には、行っておりません。間違いなく、東京に、いました」

「それでは、これで、本当に、容疑者は、一人もいなくなってしまったんじゃないのかね？」

「この神戸旅行は、かなり贅沢な旅行でしたので、太田和恵のほかにも、二人の添乗員が、ついてきています。名前は、行方《なめかた》美由紀、奥野樹里、二人とも同じ二十五歳で、ジャパントラベルの社員です」

「どうして、それを、先にいわないんだ？　この二人のどちらかが、容疑者になるんだな？　そうでなければ、今度こそ本当に、容疑者が、一人もいなくなってしまうじやないか？」

「この二人のうち、行方美由紀が生まれたのは、群馬県の高崎《たかさき》市で、市内の高校を卒業した後で上京し、東京の大学を、出ています。両親は健在で、今も高崎で、商売をしていて、妹が一人いますが、その妹は、現在、都内の女子大に通っていて、姉の行方美由紀と一緒に、都内のマンションに、住んでいます。この二人は、十五年前の、阪神淡路大震災の時には、両親と一緒に、高崎にいたことが証明されました。問題は、もう一人の奥野樹里です。同じ二十五歳ですが、彼女は、神戸の生まれで、神戸の大学を卒業した後で上京し、ジャパントラベルに入社しています。また、十五年前の、阪神淡路大震災の時には、神戸市長田区に住んでいて、大震災に遭遇していることを、確認しました」

十津川の答えに、三上本部長はやっと、肯《うなず》いて、

「そうか。最後にやっと、容疑者が浮かんできたか。奥野樹里、二十五歳、彼女こそ、今度の殺人事件の容疑者と、考えていいんだろうね？」

「今までに、分かった限りでは、奥野樹里、当時十歳には、妹の由里《ゆり》がいて、彼女は、五歳でした。当時、神戸の会社に勤めていた奥野樹里の父親と、母親、そして、姉妹の四人で、長田区内のマンションに、住んでいて、父親、奥野昭《あきら》は、三十五歳、母親、真佐子《まさこ》は三十二歳でした。父親の奥野昭が勤めていたのは、神戸と大阪との中間ぐら

いの場所にあったビール会社で、そこで、奥野昭は、管理課長をやっていました。十五年前の大震災が早朝だったため、父親の昭も母親の真佐子も、姉妹と一緒に、マンションにいたといわれます。詳しいことは今も捜査中ですが、奥野一家が住んでいたマンションは全壊したのですが、その前に、両親は、必死になって、十歳と五歳の姉妹を部屋の外へ避難させたと、聞いています。そのため、両親は、まともに、マンションの瓦礫の下敷きになって死亡したとも聞きましたが、どのような死に方だったのかを、引き続いて調べたいと思っています」

と、十津川が、いった。

2

十津川は、まず、当人に会って話を聞くことにした。

相手が、女性ということがあるので、今日は、亀井刑事の代わりに、北条早苗刑事を連れて、十津川は、ジャパントラベルの銀座営業所に向かった。そこに行けば、奥野樹里のほかに、太田和恵、行方美由紀の二人にも、会って話を、聞くことができると思ったからである。

二人が、銀座営業所に行った時には、肝心の奥野樹里は、新しい旅行プランの説明をするために、近くのデパートの、旅行コーナーに出かけていて、会えたのは、太田和恵のほうだった。

太田和恵は、心配そうな顔で、十津川に向かって、

「警察は、樹里さんのことを、疑っているんですか？」

「われわれは、奥野樹里さんを犯人だと断定しているわけでも、犯人として疑っているわけでもありません。ただ、奥野樹里さんは、神戸の生まれ育ちであり、あの大震災の時にも、神戸にいたことが分かりましたので、いろいろと調べているだけですよ」

と、十津川は、いった。

行方美由紀が、コーヒーを運んできて、そのまま、太田和恵の横に、座った。彼女もまた、同僚の奥野樹里のことを、心配しているのだ。

その行方美由紀が、口を尖《とが》らせて、十津川に、いった。

「警察は最初、私たち、添乗員ではなく、神戸旅行のお客さんのほうを疑っていたんじゃないのですか？」

十津川は、微笑して、コーヒーを口に運んでから、

「おっしゃる通りですよ。皆さんが添乗員として参加された、今回の神戸旅行のお客の六人のうちの二人が殺されたわけですから、残ったほかの四人のお客さんに、疑惑

の目を向けるのは当然でしょう。その上、今回のお客さんは、真下みどり親子のほかは、神戸の人間であることを隠し、十五年前の大震災の時には、神戸にいたのに、神戸にいなかったと、主張していましたからね。われわれとしては、なおさら、四人に疑いの目を向けざるを得なかった。一人一人を、調べていったのです。皆さんもよく覚えていらっしゃると思いますが、六十歳の白石勝敏さん、二十五歳の小林誠さん、そして、真下みどりさん、はるかさんの親子、この四人とも、十五年前の、大震災で大事な人を亡くしています。したがって、犯人としての条件は、備えているわけですが、さらに、よく調べていくと、東京で殺された加藤夫妻との関係が、四人が四人とも消えてしまうのですよ。彼ら四人が、加藤夫妻を恨む理由が、無くなってしまうのですよ。そこで、ほかに、問題の神戸旅行に参加した人となると、あなた方三人の添乗員しかいないのです。繰り返しますが別に、あなた方を疑って、捜査しているというわけではありません。殺人事件が起きた時、その関係者全員を調べるのは、いわば、われわれの仕事ですから、気を悪くなさらないでください」

　と、十津川が、いった。

「私は、もう、容疑者では、なくなったんですか？」

　太田和恵が、きいた。

　それに対して、北条早苗刑事が、

「太田和恵さんあなたは、神戸の生まれでも、神戸の育ちでもないことがはっきりしましたし、十五年前の阪神淡路大震災の時にも、神戸には、いらっしゃいませんでした。つまり、あなたには、加藤夫妻を恨む理由が、何もないわけですよ。ですから、容疑者ではなくなりました」

北条早苗は次に、行方美由紀に向かって、

「あなたのことも、一応、調べさせていただきました。あなたは、群馬県高崎市に生まれて、そこで育ち、地元の高校を、卒業した後で上京して大学に進学、卒業後に、ジャパントラベルに就職された。太田和恵さんと同じように、十五年前の、大震災の時には、神戸には、いらっしゃらなかった。ですから、あなたも、容疑者では、ありません」

「それで、残った奥野樹里さんを疑っていらっしゃるのですね？」

行方美由紀が、十津川を睨《にら》んだ。

「誤解のないように繰り返しますが、先ほども申し上げたように、われわれは別に、奥野樹里さんのことを、犯人だと思っているわけではありません。ただ調べた限りでは、彼女は、神戸に生まれ、神戸に育ち、そして、十五年前の、大震災の時にも、神戸にいたことが、分かりましたから、もっと詳しく調べたいと思っているだけで、繰り返しますが、彼女を犯人だと断定しているわけではありません」

と、十津川は、いった。

3

一時間ほどして、奥野樹里が、営業所に、帰ってきた。

十津川と北条早苗刑事が、奥野樹里と三人だけで話し合うことにしたいというと、太田和恵と行方美由紀は、自分の席に帰っていった。

十津川は、奥野樹里と向かい合った。ほかの二人と比べると、少しばかり小柄である。

十津川は、自分の手帳を取り出し、それに目をやりながら、

「こちらの質問に、正直に、答えていただきたい。あなたは、神戸の生まれで、神戸の育ちですね？」

一瞬、奥野樹里は、言葉を飲み込むようにしてから、

「ええ、そうです」

と、少し、掠《かす》れたような声で、答えた。

おそらく、自分が、神戸の生まれ育ちだから、警察に、疑われていると思って、緊張しているのだろう。

「もう一つ、十五年前の阪神淡路大震災の時、あなたは、ご両親と妹さんと一緒に、神戸市内の、マンションに住んでいらっしゃいましたね？」

「ええ」

奥野樹里は、また掠れた声で、答えた。

「確か、お父さんの名前は昭さんで、当時三十五歳。大阪と神戸の中間地点にあるビール会社で、管理課長をやっていらっしゃった。間違いありませんね？」

「ええ」

「お母さんの真佐子さんは、当時三十二歳で、主婦でした。このご両親と、妹さんの四人で、あなたは、神戸市内のマンションに住んでいたが、あの阪神淡路大震災に遭遇した。これも間違いありませんか？」

十津川が、念を押した。

「はい、間違いありません」

樹里が、やっと落ち着いた声になって、答える。

「午前五時台の早朝に起きた地震でしたから、その時、皆さんは、自宅マンションで、まだ、寝ていたのではありませんか？」

北条早苗が、きいた。

「私と妹は、まだ寝ていましたが、母は、すでに起きていて、朝食の準備をしていたと思います。母は、いつも、そうしていましたから。そのあとで、父を起こすんです」

「その時、大地震に襲われ、それから、どうなりましたか？」

　と、十津川が、きいた。

「あの時のことは、今でもはっきりと覚えているんですけど、すごい揺れで、本棚は倒れるし、テレビが、飛んでくるし、起き上がろうとしても、揺れがあまりにもひどくて、起き上がれなかったんです」

　樹里が、話す。

「それで、どうなりました？」

「妹は、大きな声で、泣いていました。慌てて起き上がった父が、パジャマ姿のまま、私と妹の由里を、とにかく、ベッドから下ろして、服を着せようと、したんです。母も、それを手伝おうとしましたが、その間にも、強い揺れが来て、棚が落ちてくるし、マンション全体がギシギシいって、倒れかかったのです。両親は必死になって、私と妹を、四階の部屋から、廊下に出して、早く、逃げるようにしてくれました。その間に、八階建てのマンションが、崩れてきたんです」

「こちらの調べでは、火事になったとあるのですが？」

「ええ、あの日は、寒かったので、石油ストーブをつけていた家もあったし、ウチのように、朝食の支度をしていた家もあって、どこが、火元なのかは、分かりませんが、途中から、火事になったのです」

「それで？」

早苗が、先を促した。

「これは、後になってから、分かったんですけど、ウチのマンションの二階の部分が崩れてしまって、その上、火事が起こったので、私と妹は、必死になって、逃げました。でも、振り返ったら、父も母も、逃げてきていなかったんです。マンションは潰《つぶ》れてしまうし、火事になってしまって、どうしたらいいか分からなくて、そのうちに、消防の人が来たので、両親が、崩れたマンションの瓦礫《がれき》の下敷きに、なってしまったんで、助けてくださいと、何回もお願いしたんですが、助けることができませんでした。私がお話しできるのは、それだけです」

奥野樹里が、いった。

「結局、ご両親は、あの、大震災で亡くなったわけですね？」

十津川が、確認を求めた。

「ええ、亡くなりました」

「その後、近くの小学校に避難したんですけど、二、三日は、両親が死んだかどうかは分かりませんでした。結局、両親は、助からなくて、妹と二人、京都に住んでいる叔母《おば》の家に引き取られることになりました。叔母というのは、母の妹です」

　と、樹里が、いった。

「その後、高校や大学は、京都の学校に、通ったのですか？」

「ええ、叔母のところから、高校と大学に通いました。今、妹は女子大生で、今も、叔母のところから大学に、通っています。私のほうは、大学を、卒業するとすぐに東京に出て、ジャパントラベルに、就職したんです」

　と、奥野樹里が、いった。

4

「先日、われわれは、ジャパントラベルに電話して、あなたのことを、聞きました。会社は、あなたが、神戸の生まれ育ちで、神戸で、大震災に遭い、両親を失ったことは、全く知らなかったと、いっていましたよ。履歴書の上では、京都で、生まれ育ったように書かれていた。そういう、履歴書しか出ていないと、いっていましたが、どうしてですか？」

　と、十津川が、きいた。

「うまくいえませんけど、あの大震災に遭って、両親を失ったことは、他人にあまり知られたくないんです。両親は、たしかにあの大震災で、死にましたけど、必死になって、私と妹を助けて、安全なところに、逃がしてくれたんです。それを、あまり悲しい、悲惨な出来事のようには、思いたくないので、どうしても他人には、話さなくなってしまっているんです」

奥野樹里が、いった。

「今回、日本の異国を訪ねるという旅行プランが作られて、三人の添乗員が、六人のお客を、案内することになりました。あなたも、添乗員の一人に選ばれたのですが、会社の話では、このプランには、あなたのほうから、積極的に進んで、添乗員を、志望したそうですね？」

これは、早苗が、きいた。

「ええ。贅沢《ぜいたく》旅行なので、添乗員を三人つける。添乗員になりたいものはいないか、と聞かれたので、私は、すぐに手を、上げたんです」

「どうして、自分から、進んで手を上げたんですか？　今までの話だと、神戸の大震災で両親を失ってしまった。それが、あまりにも辛《つら》い思い出になっているので、他人には、そのことを、ほとんど話したことがないと、さっき、そういわれましたよね？　それなのに、今回に限って、どうして、自分から添乗員を、志願したんですか？　何となく、あなたの話には、矛盾があるような、気がするんですよ」

「今、警部さんがいわれたように、私も妹も、神戸のことは、思い出したくなかったんです。だから、大震災の後、今まで一度も、神戸を訪ねたことは、ありませんでした」

　と、樹里が、いう。

　十津川は、首を傾げて、

「しかし、ご両親のお墓は、神戸にあるんではありませんか？　それなら、お墓参りには、いってるんじゃありませんか？」

「いいえ、両親のお墓は、神戸ではなく、京都にあります。もともと、先祖代々のお墓は、神戸にあったんですけど、そのお寺も、震災で焼けてしまって、私と妹は、何回も、いいますけど、神戸には、帰りたくなかったんです。それで、叔母さんのお寺の隅に、奥野家のお墓を作ってもらって、そこに、両親のお骨《こつ》を納めたのです」

「重ねて聞きますが、今回に限って、あなたは、神戸に行く気になった。それは、どうしてですか？　何か、心境の変化でも、あったんですか？」

　十津川が、きいた。

「神戸には行きたくない。ずっとそう、思っていたんですけど、やはり、神戸は、私や妹の生まれたところですし、私は、十歳まで神戸で育ったんですから、いろいろと、思い出があります。いつまでも、昔のことにこだわっていないで、見に行けるようになろう。そう考えて、今回の添乗員に、応募しました」

「今回の日本の異国という趣旨の旅行プランを作って、募集したところ、それに、何人かのお客さんが、応募してきたわけでしょう？　何人の人が、応募してきたんですか？」

「その点は、太田和恵さんが、考えた旅行プランですから、彼女に、直接聞いていただけませんか？　太田和恵さんがリーダーで、私と行方美由紀さんの二人は、あくまでも、サブにすぎませんから」

　樹里が、いった。

「分かりました。詳しいことは、後で、太田和恵さんに聞きますが、六人のお客さんと一緒に、あなたと、あと二人の、添乗員が、一緒に神戸に旅行したわけでしょう。お客のリストがここにありますが、白石勝敏さん、小林誠さん、真下みどりさんとはるかさん、そして、東京で殺された加藤博之さんと幸子さんの夫妻、この六人と一緒に、新幹線で神戸に向かった。あなたの言葉通りならば、あなたは、震災後初めて、神戸を、訪ねたことになる。第一印象は、どんなものでしたか？」

「神戸の町がすっかり復興していることに、ビックリしました。小学生の頃、私は、異人館街によく、遊びに行っていたんですけど、すっかり、元通りになっていて驚きました。これなら、もっと早く、神戸に来るんだったと、思いました」

「一緒に旅行した仲間の加藤夫妻が、突然、東京であんな殺され方をしてしまった。そのことをどう思いましたか？」

と、十津川が、聞いた。

「楽しい旅行の筈《はず》なのに、どうして、こんなことになるのかと、わけがわかりませんでした」

「十五年前の震災の時に戻って、お聞きしますが」

と、十津川は、断ってから、

「あなたと妹さんの目の前で、今まで住んでいたマンションが倒壊して、火事になっていた。そして、あなたは、消防隊員の人に向かって、あの中に、両親がいるんです。助けてくださいと、いったんですね？」

「ええ、両親が、まだこの中にいるから、何とかして、助け出してくださいと、お願いしました」

「しかし、残念ながら、助からなかった？」

「ええ」

「あなたが頼んだ消防隊員の近くには、ほかにも、人がいたんじゃありませんか？」

「ええ、何人かいたのは、覚えています」

「その中に、今回、東京で殺された加藤博之さん、そして、幸子さんのご夫妻も、いたんじゃありませんか？」

十津川が、きくと、横にいた早苗も、繰り返すように、

「今、あなたは、消防隊員のほかにも、何人かの人がいた。そういいましたね？」

「ええ」

「その人たちにも、あなたと妹さんは、両親を助けてくれと頼んだんじゃありませんか？」

「覚えていませんけど、必死に頼んだのは、本当なんです。誰に頼んだのか、消防の人にお願いしたのは、覚えていますけど、きっと、ほかの人にも、同じように、頼んだんではないかと思います」

「しかし、誰も、あなたの両親を、助けられなかった」

「ええ、火の勢いが強くて、消防隊員の人でさえ、火事の中に、飛び込んでいくのは大変でしたから」

と、樹里が、いった。

「もう一度聞きますが、その中に、加藤博之さんと幸子さんのご夫妻も、いたんじゃありませんか？」

十津川が、きいた。

「分かりません」

「いいですか、よく考えてくださいよ。今回、あなたは、ほかの二人と一緒に、添乗員として、旅行に行きました。その旅行に行ったお客さんの中に、殺された加藤博之夫妻もいた。だから、あなたは、加藤夫妻の顔を、よく見たはずですよ。もう一度、お聞きしますが、あなたの住んでいたマンションが倒れて焼けて、両親が、死んでしまった。震災の直後に、死んだわけではない。震災直後の火事になってから死んだ。そういうことですね？」

「ええ、火事が起きる直前まで、両親は、必死になって、私と妹を、逃がそうとしていましたから」

「つまり、火災が発生した時には、まだご両親は、亡くなっていなかった。だからこそ、あなたは、消防隊員にも、そこに、集まっていた人たちにも、両親を、助けてくれるように、頼んだんですね？」

「ええ」

「もう一度だけお聞きしますが、その野次馬というのか、群衆の中に、加藤夫妻は、いなかったんですか？」

「いなかったと思いますけど」

「本当に、いなかったと、思うんですね？」

十津川は、しつこく、きいた。

「いなかったかもしれませんし、いたかもしれません」

「いたかもしれない？」

「ええ」

「もう一度、念を押しますが、その時、あなたのそばには、消防隊員や、何人もの野次馬がいた。そして、その野次馬の中に、加藤夫妻が、いたかもしれない。これでいいですね？」

「ええ」

「あなたと妹さんは、ご両親が必死になって、火事の起きたマンションから逃がしてくれた。振り返った時、あなたと、マンションの間には、どのくらいの距離が、あったんですか？」

「正確には、分かりませんが、二十メートルか、三十メートルくらいは、離れていたと思います」

　樹里が、いう。

「そこには、消防隊員も野次馬もいて、野次馬の中には、加藤夫妻もいた。それでも誰も、あなたの両親を、助けることができなかった。その時、あなたは、どう、思われました？　どうして、助けてくれないのかと、その場にいた人たちのことを、恨んだのでは、ありませんか？」

十津川が、きくと、樹里は迷いの眼で、

「おそらく、あの状況では、誰も助けることはできなかったでしょう。だから、仕方がなかったと思います。だって、火勢が強くて、消防隊員の人たちだって、近づけなかったくらいですからね」

「しかし、その場に、たくさんの人がいたのに、どうして、両親を助けてくれなかったのかと、恨んだんじゃありませんか？　その時、あなたは十歳で、妹さんは、まだ五歳だったが、あなたの近くにいた人たちは、子供じゃなかったでしょう？　みんな大人だったんじゃありませんか？」

「ええ」

「だから、あなた方姉妹は、余計に、悲しくて、腹が立ったのでは、ありませんかね。大人たちが、どうして、両親を、助けてくれなかったのか？　子供の時のほうが、恨みが強いといいますからね。十五年経った今でも、その時のことが、忘れられずにいるのではありませんか？」

と、早苗が、きいた。

「ええ、時々思い出すことも、ありますけど、ただ、思い出すだけで、誰かを恨むというようなことは、ありません」

「そのたびに、あなたは、こう思っていたんじゃないのかな？　あんなに、必死にな

って お願いしたのに、消防隊員も、他の大人たちも、両親を、助けてくれなかった。いい方をかえれば今回、添乗員として神戸に行った時、お客さんの中に、あの時の、加藤夫妻がいることに気がついた。あなたは、思い出したのでは、ありませんか？　必死になって、両親を助けてくれと哀願した時、加藤夫妻も、そこにいた。それに、気づいて、あなたは、なぜ、助けてくれなかったのかという恨みがよみがえってきて、加藤夫妻を殺したのではありませんか？」

「そんなことは、考えませんし、殺したりもしません」

「どうしてですか？」

「だって、救助のプロの消防隊員の人だって、助けられなかったんですから、ほかの人たちが、あの火事の中、両親を、助けてくれなくても仕方がないと思うのです」

「それでも、悲しいし、腹が立つのではありませんか？　相手を憎んでも、当然だと、私は思いますがね」

十津川が、じっと、奥野樹里の顔を見ていたが、急に、十五年前の大震災のことを聞くことを止めて、太田和恵と、行方美由紀の二人に、こちらに、来てもらった。

「お二人は、知っているんじゃないかと、思うのですが、奥野樹里さんには、現在、恋人がいるんじゃありませんか？　恋人じゃなくても、好きな男性というのか、そういう存在の人がいるのでは、ありませんか？」

十津川は、笑顔を見せて、和恵たちに、きいた。

「樹里さんのプライベートなことは、わかりませんが、それでも、彼女にいい人がいるとは思っています」

と、和恵が、いった。

行方美由紀は、

「私も、樹里さんには、彼がいると、思いますよ」

それに対して、樹里が、

「私こそ、和恵さんと、美由紀さんの二人には、彼がいることを、知っています」

と、反撃した。

「それでは、皆さん全員に、彼氏が、いるんですね？」

十津川が、笑うと、

「だって、私たちは、二十五歳、もうすぐ、二十六歳ですよ」

美由紀が、切り返してきた。

「奥野樹里さんの彼というのは、どんな人ですか？」

十津川は、本人にではなく、和恵と美由紀の二人に、きいた。

「私は、会ったことがないから、よくは分かりません」

和恵が、いうと、美由紀は、

「いつだったか、彼女の家に、遊びに行ったことがあるんですけど、机の上に、男の人の写真が飾ってあったことを覚えています。同じような年齢の、たぶん、若いサラリーマンじゃなかったかと思うんですけど」

「どうですか、同じ年齢のサラリーマンですか？」

十津川が、樹里本人に、きいた。

「ええ、同じ歳の、ごく普通の、サラリーマンですよ」

樹里が、いった。

「それでは、相手も同じ二十五歳ですか？」

「ええ」

「どういう男性かな？　体育会系ですか、それとも、エリートサラリーマン系？　どっちですか？」

「私には、分かりませんけど、性格的にはさっぱりしていますから、体育会系かも、しれません。大学では、山岳部に入っていたようです」

相変わらず、樹里の話しぶりは、遠慮がちだった。

「あなたは、樹里さんの彼に会ったことがあるんですか？」

十津川が、行方美由紀に、きいた。

「今もいったように、彼女のマンションに遊びに行った時、机の上に、写真が飾ってあるのを見ただけで、会ってはいないんです」

「その写真を見た第一印象は、どうでしたか？」

「少し痩《や》せ気味の、なかなかの、美男子だと思いました。彼女には、似合いの彼じゃないかなと」

と、美由紀が、いった。

どうやら、奥野樹里に、同年齢の彼がいることは事実らしい。十津川は、その彼に、会ってみたくなった。

5

何とかして、奥野樹里から彼の名前と、働いている会社を、教えてもらうと、十津川は、亀井を連れて、会いに行った。

名前は、中村幸雄《なかむらゆきお》、二十五歳、日比谷《ひびや》のホテルに、勤める営業マンだった。ホテルの営業マンという仕事柄、ホテルにいることは、ほとんどないだろう。そこで、夜になってから、十津川は、亀井と、今度は中村幸雄が住んでいる四谷のマンションに行ってみると、予想どおり在宅していた。

中村は、背の高い、痩せ形の、青年だった。彼は、奥野樹里が神戸の生まれ育ちで、大震災に遭い、その時に、両親を亡くしていることも、知っていた。

「彼女、十五年前の震災のことを、あなたによく話しますか？」

十津川が、きくと、中村は、

「最近は、話すようになりましたが、知り合った頃は、何も、話しませんから、最初は、彼女が神戸の生まれ育ちだということも、震災に遭ったということも、全く、知りませんでした」

「最近、彼女は添乗員として、お客さんと一緒に、神戸に旅行しているんですが、その旅行から帰ってきた後、あなたに、何か話しませんでしたか？」

「たしか、お客さんの中の、夫妻が、東京で殺されてしまったと、いっていましたね。その事件のことは、僕も、知っていたから、あの夫妻を案内したのかと、思いましたね」

十津川は、中村幸雄に会って、奥野樹里のことを聞いているうちに、次第に、彼女は、犯人とは違うなと思うようになってきた。

加藤夫妻は、続けて、殺されている。しかも、あんな大仕掛けの殺され方をしているから、その日の前後では、奥野樹里の感情も、高ぶっていただろうし、あるいは、激しくなっていただろうと思ったのだが、どうやら、奥野樹里は、普段通りだったらしい。

　十津川は、念のために、兵庫県警の、近藤警部に連絡を取り、奥野樹里と、その家族について、調べてもらうことにした。

「奥野樹里が、十五年前の、阪神淡路大震災で、両親を失ったことは、間違いありません。十歳の彼女が話したようなことが、実際に起きていたのか？　それを、調べていただきたいのです。何しろ、当時、彼女は十歳で、五歳の妹と一緒に、逃げ回りながら、両親を助けようとして、消防隊員に、頼んだり、周りにいた人間たちに、頼んだといっているのですが、果たして、本当かどうかを、知りたいのです」

　十津川は、奥野樹里の家族四人のことや、十五年前の、大震災の時に、奥野一家が住んでいたマンションの名前と、住所もメモにして、近藤警部に、送った。

　三日後、回答が、ファックスで送られてきた。

「ご照会のあった奥野樹里、並びに、その家族について調べましたので、ここに回答いたします。

　家族四人で、神戸市内で、暮らしていた奥野一家が、実際に住んでいたのは、そちらから、メモでいただいた住所にあった、マンションの四階です。

　十五年前の阪神淡路大震災の時に、このマンションは、倒壊し、その後、起きた火災によってほぼ、全焼しました。

しかし、奥野樹里と由里の、当時十歳と五歳の幼い姉妹が、記憶していることと、実際とは、かなり違っていることが、分かりました。奥野家の四人が住んでいたマンションが倒壊した後、奥野樹里と由里の幼い姉妹が、辛うじて、脱出することができたのは本当ですが、二人ともケガをしていたので、すぐ、救急車で病院に運ばれました。

したがって、その後、奥野樹里の住んでいたマンションは、倒壊し、火災が発生して、消防車が、駆けつけたことは、見ていない筈《はず》なのです。

この時、奥野樹里の両親、奥野昭と奥野真佐子は、亡くなりましたが、マンションの住人全員が、亡くなったわけではありません。

死亡者は、十八人で、助かった人間は、十五人です。

以上の通り、十五年前の大震災の時、樹里、十歳、由里、五歳の幼い姉妹は、ケガを、治療するために、すぐ、救急車で病院に運ばれたために、両親の最期は、見ておりません。

それなのに、なぜ、奥野樹里は、両親を助けてくれるように、消防隊員に、頼んだり、周りに集まっていた人間たちに、助けを求めたりしたと、話しているのか。

地震で両親を失った子供たちの中には、何とかして、両親との接点を、持ちたいと思い、消防隊員に助けてくれるように、頼んだり、自分を助けるために、両親が、犠牲になったという話を信じたまま、今日に至っている人たちも、いるのです」

これが、兵庫県警から送られてきた回答だった。

さらに、十津川は、十五年前の、大震災の時に、両親を失った幼い姉妹、樹里と由里が引き取られた、京都の叔母《おば》の家にも電話をかけて、現在の奥野樹里と、女子大生で、今も叔母の家に、住んでいるという由里について、聞いてみた。

現在六十八歳の叔母は、電話で、こう、答えてくれた。

「たしかに、時間が経って、震災について話せるようになると、マンションが、倒壊して燃えあがるのを見ていた。そこで、消防の人たちや、近くにいた人たちに、両親を助けてくれるように、必死に頼んだ。そういう話をしていました。だけど、あの状況では仕方のないことだったとも、いっていました」

6

その直後に開かれた、捜査会議で、十津川は、三上本部長が、不機嫌になるのを承知で、兵庫県警からの回答文を、披露せざるを得なかった。

「前回の捜査会議で、唯一、犯人である可能性のある奥野樹里、二十五歳を、調べることを約束しました。彼女は、間違いなく、十五年前の阪神淡路大震災の時に、神戸に、住んでいたことが分かりました。この時、五歳の妹、由里と、サラリーマンの父親、昭、そして、母親の真佐子の四人で、神戸市長田区のマンションで、暮らしていたことも間違いありません。震災で、そのマンションが倒壊し、火事が発生しました。両親が倒壊するマンションから、必死の思いで逃がした奥野樹里、由里の幼い姉妹は、そこで、マンションが火に包まれるのを目撃し、一生懸命、消防隊員や、近くにいた市民たちに、両親を助けてくれるように、懇願しました。しかし、両親は助からず、亡くなりました。幼い姉妹が、助けを求めた人々の中には、問題の加藤夫妻もいたのではないか？　そう問い質《ただ》したところ、いたかも、しれないという答えが、返ってきました。そこでこの話が本当かどうかを、兵庫県警に、確認してもらいました」

「そうしたら、どうだったのかね？」

「今日、この回答が、ファックスで送られてきました」

十津川は、ファックスを、三上本部長に、差し出した。

三上本部長は、読み終わると、案の定、不機嫌な顔になって、

「結局、奥野樹里の記憶は、思い込みだったわけだ。加藤夫妻の顔を、見ていた筈はないんだな」

「そういうことです。残念ながら、奥野樹里も、今回の、殺人事件については、シロと、断定せざるを得ません」

十津川が、いった。

「問題はだ」

三上本部長が、強い口調で、いう。

「これで完全に、容疑者が、いなくなってしまったじゃないか？　君は最初、神戸行きの旅行に、参加した客の中に、加藤夫妻を殺した犯人がいると、いった。ところが、白石勝敏、小林誠、真下みどり、はるかの親子、この四人を、いくら調べても犯人だという証拠が見つからず、シロと、断定せざるを得なくなった。

次は、この旅行にジャパントラベルから三人の添乗員が参加している。この三人のうちの太田和恵と行方美由紀は、神戸の生まれ育ちではない。また、大震災で、両親が亡くなってもいなかった。そこで、もう一人の、奥野樹里という二十五歳の添乗員を調べてみると、彼女が、神戸で生まれ育ち、そして、十五年前の阪神淡路大震災の時、神戸にいたことが、分かった。その上あの大震災で両親を失っている。今回の殺人事件の容疑者としての、条件が揃《そろ》っている。私は、この奥野樹里に、期待したんだよ。奥野樹里が犯人でなかったら、容疑者は、一人もいなくなってしまう。だから、彼女は、容疑者のはずであると考えて、期待していたんだ。

ところが、今、君の話を聞いて、また、兵庫県警からの、ファックスを読んで、奥野樹里もシロになってしまった。そうなれば、完全に、容疑者は、いなくなってしまう。こんな状況になって、君は、これから、どうするつもりだね？」

「これからもう一度、関係者全員を、初めから調べ直してみるつもりです。その中に、犯人が、絶対にいるはずなのです。容疑者が消えてしまったのは、容疑者が、いなかったからではなくて、捜査が、杜撰《ずさん》だったせいだと、考えました」

と、十津川は、いった。

捜査会議が、終了すると、十津川は、文字通り、初めから調べ直した。そしてやっと、一つの結論に、到達した。それを、十津川は、三上本部長に、報告した。

「再調査した結果、容疑者が一人だけ、浮かんできました。もちろん、奥野樹里ではありません」

と、十津川は、三上本部長に、いった。

「その容疑者は、どこにいるのかね？」

三上は、半信半疑の表情で、十津川に、聞いた。

「やはり、今回の神戸行きの旅行に、参加した者の中にいました」

「誰だ？」

「今回の旅行には、ジャパントラベルから三人の添乗員が、参加していたのですが、その中に、見つかったのです」

「しかしだね、君は前に、こう報告しているんだよ。三人の添乗員は、三人とも、二十五歳の女性で、リーダー格の太田和恵は東京の生まれで、両親は健在、十五年前の、阪神淡路大震災の時、神戸には住んでいなかった。行方美由紀は、群馬県高崎市の生まれで、同じく、十五年前の大震災の時には、神戸にはいなかった。三人目の奥野樹里は、神戸に生まれ育ち、そして、十五年前の大震災の時には、神戸に住んでいて、その上、両親が亡くなっている。この奥野樹里に、私は期待したんだ。それなのに、三日間をかけて調べた結果、君は、彼女をシロだと、断定した。容疑者なんて、どこにもいないじゃないか？」

「太田和恵です」

　十津川は、ズバリと、いった。

「彼女は、今回の神戸旅行の発案者であり、この旅行の責任者でも、あります。したがって、共犯者としては、うってつけの立場なのです」

「太田和恵が、共犯者？　ということは、他にも犯人がいるのかね？」

「そうです。太田和恵には、恋人がいます。奥野樹里が、以前、和恵がデートしているところを、見ていたのです。名前は、別所信介、二十八歳。この別所信介は、現在、ジャパントラベルの、大阪支店に勤務しています。まだ調べてはいませんが、おそらく、神戸の生まれで十五年前の大震災の時にも、神戸にいたはずです。先ほど、兵庫県警の近藤警部に、震災の死亡者に、別所の家族がいなかったかを調べてもらっています」

十津川は、確信を持って、いった。

第七章　25メートルの距離

1

十津川は、亀井と二人、ジャパントラベル本社に行き、大阪支店で働いている別所信介、二十八歳の、経歴を聞いた。

「四年前、別所が、ウチの会社に入社した時、履歴書には、現住所として、東京都世《せ》田谷《たがや》区世田谷のマンションの住所が、書いてありましたね」

と、人事課長が、教えてくれた。

「すぐ、大阪支店勤務になったのですか？」

「いや、去年までは、東京の営業所に、配属されていました。大阪支店に異動になったのは、今年に、なってからです」

「それは、自分から、希望して、大阪支店勤務に、なったのですか？」

「大阪支店に欠員ができたので、別所君に異動してもらったのです。ですから、彼が、自ら希望して、大阪支店に行ったわけではありません」

「ということは、とにかく、三年何ヵ月かは、東京営業所にいて、世田谷のマンションに住んで、いたわけですね？」

「ええ、そうなりますね」

人事課長が、肯《うなず》く。

三年間も東京にいれば、おそらく、恋人もできただろう。その恋人が、太田和恵だったとしても、別におかしくはない。

人事課長に調べてもらうと、太田和恵がジャパントラベルで、最初に配属されたのは、別所がいる営業所だった。そして、二人は、和恵が本社勤務になるまでの一年間、同じ職場だったのである。

「別所信介が、十五年前、神戸に住んでいたという話は、聞いていませんか？」

「いや、聞いていませんね。しかし、彼が昔、どこに住んでいようと、何をしていようと、そんなことは、別に、どうでも、いいじゃありませんか？　ウチとしては、仕事さえきちんとやってもらえれば、それでいいんですから」

十津川は、そのあと、ジャパントラベル大阪支店に電話をした。支店長に電話に出てもらい、十津川が、別所信介のことを、聞きたいというと、

「別所信介ですか？　実は、昨日、退職しました」

と、支店長が、いった。

「急に辞めたんですか？」

「そうです。実は、別所君は、一月の初めに東京営業所から、転勤になって、こちらに、来たんです。三月までは、真面目に働いていたのですが、四月に入ってから、どういうわけか突然、休みがちに、なりましてね。これは、注意しておかなければならないと、思っていたところ、昨日になって、突然、退職願が出されたんですよ」

と、支店長が、いった。

「四月に入ってから、仕事を休みがちになったといわれましたが、どの程度の、休み方だったんですか？」

「それが、もう、メチャクチャでしたね。何の連絡もなく、一週間、十日と、続けて休みましてね。こちらも、春の観光シーズンで忙しい時ですから、困っていたのですが、今もいったように、別所君のほうから、とうとう退職願が出てきました。これだって、郵便で、送られてきたんですよ」

支店長が、電話の向こうで、舌打ちをしている感じだった。

「別所さんが以前、神戸に住んでいたということは、聞いていませんか？」

「いえ、聞いていません。何しろ、普段から寡黙《かもく》な人間で、ほかの社員と、親しく話をしたことがないような、そんな人間でしたから」

「大阪の住所は、分かりますね？」

「ええ、分かりますよ。彼が、東京から転勤してくる時、こちらで用意したマンションに住んでいますから」

「それは、どこですか？」

「天王寺《てんのうじ》にあります」

「退職願が、郵便で届いた後、そのマンションを、見に行かれましたか？」

「ええ、もちろん、見に行きました。今もいったように、春の観光シーズンで、忙しいので、できたら、シーズンが終わるまで、引き留めようと思って、行ったんですが、彼はもう、そこには、いませんでした。家財道具やテレビなどは、そのまま放置して、どこかに、引っ越したようです。管理人の話では、部屋の中にある物は全て、自由に処分してください。そういって、出て行ったそうです」

「行き先は、東京ですか？」

「それも、分かりません。管理人には、何もいわずにいなくなったそうですから」

「別所信介さんですが、両親は、まだ健在なんですか？　そういう話は、聞いていませんか？」

「いや、両親は、彼が十代の時に、相次いで急死したと、聞いています」

「病死ですか？」

「詳しいことは分かりませんが」

「その後、どういう生活を、送っていたのか分かりますか？」

「これは、ウワサですよ。彼に確認したことは、ありませんが、両親が死んだのは彼が十代の時で、その後、東京の叔父《おじ》さんのところに、引き取られたそうです。その叔父さんというのが、かなりの資産家で、亡くなった時、遺産の相続人が、別所君しかいなかったので、大きな遺産を、手に入れたと、聞いたことがあります」

「もう一度、確認しますが、それは、彼が十代の頃なんですね？　正確に、何歳の時かは、ご存知ですか？」

「彼が十代の頃だと、聞いたことがありますが、正確に、彼が、いくつの時かは、分かりませんね」

「どのくらいの資産を手にしたのでしょうか？」

「それも、分かりません。彼が、何億円という叔父さんの莫大《ばくだい》な遺産を相続したというのも、別所君が自分から話したのではなくて、ウワサとして、何となく、広まっている話ですから」

　と、大阪支店長が、いった。

2

近藤警部からの回答があった。

別所信介の両親は、やはり、十五年前の震災で死亡していた。

倒壊した建物から火災が発生し、焼死したらしい。

別所信介は、亡くなった両親の仇《かたき》を討ったに違いない。

別所信介は、業務として「日本の異国」には、一切関わっていなかったという。

しかし、別所が犯人だとすれば、あの観光旅行の中に、自分の仲間や共犯者がいなければ、今回の事件も、起こしようがないのである。

(その共犯者は、太田和恵だ。彼女しかいない)

と、十津川は、思っている。

十津川は、三田村と北条早苗の二人の刑事を呼ぶと、ジャパントラベルの、東京の営業所に行って、太田和恵から、話を聞いてこいと、命令した。

二時間ほどして、捜査本部に戻ってくると、二人は、異口同音に、

「参りました。太田和恵は、何も話してくれません」

「そうか、別所信介については、何もしゃべらずか？」

「そうです。彼女の携帯電話でも、押収できれば、別所と電話連絡していたことが分かると思うのですが」

と、三田村が、いう。

しかし、北条早苗は、首を横にふって、

「しかし、まだ、別所信介の犯行だと決まったわけでもありませんし、今の状況では、太田和恵から、携帯を押収するのは、まず、無理だと思います」

と、いう。

「それなら、しばらく、太田和恵を、監視してくれ。必ず、別所信介と、会うはずだからな」

と、十津川が、いった。

3

太田和恵が、ジャパントラベルに、退職願を出した。

「いよいよ動くぞ」

十津川は、彼女を監視している三田村と、北条早苗に、いった。

その一方、十津川は、別所信介が、莫大な遺産を貰《もら》ったという、叔父についても、捜査していた。

その結果、千葉県の君津《きみつ》に住んでいた金子重蔵《かねこじゆうぞう》、当時六十九歳が、問題の叔父だと分かった。

君津は、日本製鉄の本社があるところである。その広大な敷地のうちの三分の一くらいは、この金子重蔵という叔父が、持っていたもので、その土地を日本製鉄に売ったことで、当時の金で四十億か五十億の利益を得たといわれている。

捜査の結果、この金子重蔵には身寄りがなく、神戸の大震災で被災した別所信介を、引き取って、わが子同様に育てていたことも判明した。

二年前、六十九歳の金子重蔵は、病死し、その莫大な遺産は、全て、別所信介のものになった。

（莫大な相続税を、取られたとしても、別所信介の手元には、少なくとも二十億円ぐらいは残っていたはずだ）

と、十津川は、計算した。

二十億円あれば、二回の奇妙な殺人計画に、好きなだけ、金をかけることもできただろう。広大な敷地の中に半径二十五メートルの円を描いたり、警察やマスコミの人間たちの見ている前で、加藤夫妻を続けて殺していくことだって、可能だったはずである。

このあと、まだ残っているであろう億単位の金を、いったい、どうするつもりなのだろうか？

　次に、十津川が、調べたのは、二回にわたる奇妙な殺人現場の造成に力を貸した人間、あるいは、グループの存在である。

　四月五日の第一の殺人、つまり、加藤博之を殺すために犯人が作った構造物、廃校になった小学校の、二十五メートルの円形などを、十津川は、今でも、思い出すことがある。

　調べていくうちに、あの殺人現場の建設に関わった会社のことが、分かってきた。

　四月五日の殺人現場の設営は、Ｔ建設という小さな建設会社だった。

　二日後の四月七日、加藤博之の妻である幸子を殺した時の、現場を造ったのは、Ｒ建材という、これも小さな会社だった。

　どちらも、決して優良企業とは、いえなかった。

　そして、犯人の別所信介は、Ｔ建設とＲ建材に、それぞれ一億円の設営費を、偽名で振り込んでいた。口止め料の意味もあるのだろう。

　別所信介は、最後に、何か計画しているに違いないと、十津川は、予想していた。

　ジャパントラベルを辞めた、太田和恵が、自宅マンションを出て、最近買った軽自動車で出発した。

すぐに、三田村と、北条早苗の二人が、覆面パトカーで、尾行を開始した。

その途中、三田村から、十津川に連絡があり、太田和恵の運転する軽自動車は、千葉県に、向かっているという。

それを聞いて、十津川は、彼女の行き先が想像できた。

二年前に死んだ、別所信介の叔父、金子重蔵は、君津に広大な土地を持っており、それを日本製鉄に売却して、莫大な資産を、手に入れたという。その土地全てを日本製鉄に売ったわけではなく、かなりの土地が、まだ残っていると聞いている。

当然、その土地も、今は、別所信介のものである。

もし、別所信介と太田和恵の二人が行く所と考えると、君津のその土地に違いないと、十津川は、想像した。

その想像通り、太田和恵の運転する軽自動車は、千葉県に入った後、君津市に向かった。

十津川も、部下の刑事と一緒に、君津に向かうことにした。

十津川は、パトカーの中でも、地図を広げて、亀井と二人で、見ていた。

君津市の市街地から、少し離れたところに、小高い丘があり、その丘全体が、売り残した金子重蔵の土地だった。もちろん、今は、別所信介の名義になっている。

別所信介と太田和恵の二人は、おそらく、そこに、行くのだろう。

「そこには、いったい、何があるんでしょうかね？」

　亀井が、いう。

「私は、彼等が、そこで、何をしたいのかそれを知りたいね」

「二人は、逮捕されるのを承知している筈《はず》です。それなのに、なぜ、逃げようとしないんですかね？」

「多分、何か企《たくら》んでるんだ」

　と、十津川が、いった。

　先行する三田村と北条早苗のパトカーから連絡が入ってくる。

「現在、君津市の郊外です」

　三田村の声がいい、それにかぶせるように、

「ビックリしました。目の前にあるのは、まるで、要塞《ようさい》のような、大きな建物ですよ」

　と、三田村が、いった。

「どんな建物なんだ？」

　十津川が、きいた。

　今度は、三田村に代わって、北条早苗刑事が、細かく、説明する。

「土地は、おそらく、千坪くらいあるんじゃないかと思います。丘の上に、西洋の城のようなものが、建っているのですが、問題は、城を囲む掘割です」

「ひょっとして、幅二十五メートルなんじゃないのか？」

「そうですね。ちょうど、二十五メートルくらいだと思います。城の周囲には、その堀があって、橋が、一つしか架かっていません。その橋を渡って太田和恵の軽自動車が、城の中に入った途端に、橋も、引き上げられてしまいました。これで、城の中に入り込む方法はありません。堀は深そうですし、ボートも見当たりませんから」

　と、早苗が、いった。

「城の中の様子は、どうだ？」

　十津川が、きいた。

「分かりません。静かで、人の気配もないように見えますが」

「中には、間違いなく、別所信介がいるはずだ」

「これからどうしますか？　ゴムボートでもあれば、堀は、二十五メートルの幅しかありませんから、城の中に、忍び込むのは、それほど難しくないと、思いますが、ゴムボートはありませんからね。どうしたらいいですかね？」

　と、三田村が、いう。

「今は、あまり無理をしないほうがいい。しばらく様子を見よう。何かあったら、すぐに、連絡をくれ」

　と、十津川は、指示を与えた。

4

　十数分後、十津川たちも、問題の現場に到着した。

　そこで十津川が目にしたのは、たしかに、三田村と北条早苗がいうような、豪華な城と、その城を取り巻く、幅二十五メートルのお堀だった。

「太田和恵の車が、城の中に入ったことは、間違いないんだな？」

　十津川が、三田村刑事に、きいた。

「はい。間違いありません」

「城の中には、別所信介もいるんでしょうね？」

　亀井が、眉《まゆ》をひそめて、城を見た。

「もちろん、いるに、決まっている。いなければおかしいんだ」

「これからどうしますか？」

「まず、別所信介と、太田和恵の逮捕令状を持ってきてもらおう。その後、ゴムボートを用意して、堀を渡っていき、向こうの城の中で、二人を逮捕する」

　と、十津川が、いった。

「このお堀には、何か仕掛けがあるんでしょうか？」

「前の二つの事件のことを、考えれば、仕掛けがないほうがおかしい。間違いなく、何かの仕掛けが、あるはずだ」

しかしどんな仕掛けなのか、十津川にも、見当がつかなかった。

突然、炎が噴き出すのかもしれなかったし、水深が深い上に、流れが速くて、泳いで渡ろうとすると、吸い込まれて、死亡するのかもしれない。

十津川は、携帯を、三上本部長にかけた。こちらの様子を説明した後、

「なるべく早く、別所信介と太田和恵に対する逮捕令状を取っていただきたいのです。それがないと、こちらとしては、自由に動くことができませんから」

「二人に逃げ場はありそうか？」

「堀に囲まれているので、逃げ場はありませんね」

「じゃあ、二人は、逃げる気はないのか？」

「かも知れませんが、だとすると、何を考えているのか？」

その電話が切れた直後に、マスコミが、どっと押し寄せてきた。社旗を立てた新聞社の車が、一台二台とやって来る。テレビの中継車も姿を見せた。

おそらく、別所信介が、自らマスコミに連絡をして、ここに、呼んだのだろう。

三時ちょうどになって、城のベランダに、二つの人影が現れた。別所信介と太田和恵である。

別所信介が、堀のこちら側にいるマスコミ関係者に、話しかけてきた。周辺に、何カ所にもスピーカーが、取り付けてあるらしく、別所信介の声が、ビンビン響いてくる。

「私は、別所信介、二十八歳です。皆さんは、すでにご承知だと思いますが、私は、今から十五年前の一月十七日の阪神淡路大震災の時に、神戸に、いました。十三歳でした。あの大震災で、両親を一度に失い、十三歳で孤児になりました。口惜しいのは、私の両親は、大地震で大地が揺れ、ビルが、倒壊した時は、まだ生きていたことです。その時、両親は、崩れたビルの下敷きに、なっていました。自分たちだけでは、覆いかぶさっている瓦礫《がれき》を、取り除くことが、できませんでした。私の方は、小さな傷を負っていましたが、両親より先にビルから逃げ出すことができました。

　しかし、私と両親との間には、二十五メートルの距離ができてしまいました。その二十五メートルの間に、火災が、起きたのです。誰かが来てくれれば、両親を助けることができるかもしれないと思っていた時、中年の男女が現れたのです。たぶん、夫婦だろうと、思いました。中年ですが、頑丈そうな体格をしていて、ケガをしているような様子は、見られませんでした。私は必死に、そのカップルに、頼みました。向こうに、私の両親が瓦礫の下敷きになっていて、助けを、求めています。お二人の力で、何とかして、助けていただけませんか？　一生懸命、そういって、お願いしました。でも、その中年の男女は、助けてくれませんでした。初めから、火に脅えてしまい、私に向かって『いくら何でも、これは無理だよ。消防が来たら頼みなさい』と、そういったのです。それだけいうと、どこかに、姿を消してしまいました。

私に向かって、消防が来るのを待ちなさいといったのです。あの大地震と、その後に起きた火災では、いくら呼んだって、消防車も救急車も、来てくれるわけがありません。それに、あの頃の私は、いや、子供は、みんな、今と違って携帯電話なんて、持っていないんです。消防車を呼べ、救急車を呼べと、いわれたって、呼ぶ手段すらないのです。どうにか、火災が収まった時、両親は、すでに、死んでいました。

それから、十四年かかって、私は、あの時、両親を見捨てた薄情な中年の夫婦を見つけ出しました。そして、和恵に企画させた『日本の異国』に誘いました。二人は、私が払うといったお金につられて、旅行の途中で、黙って東京へ戻ってくることを、引き受けました。汚らしい夫婦に、震災時の出来事を、思い出させ、両親が、十五年前の死ぬ寸前に、味わったであろう苦痛と恐怖を味わわせてから、殺しました。加藤夫妻は、泣きながら、今まで一度たりとも、あの光景を忘れたことはない、などとほざきました。ウソに決まってる。私は、二人を殺したことを、後悔していません。あの夫妻は、殺されて、当然だと思っています」

5

さらに、別所信介が、続けた。

「今日、マスコミの皆さんに、こうして、集まっていただいたのは、これから、一つの実験をしたいと、思ったからです。さらに、それを報道して、日本中の人に、知っていただきたいと思うのです。これからまず、お堀の水を排出し、私が十三歳で両親を失った時と同じ状況を、作り出します」

その言葉と同時に、二十五メートルの幅の堀の水が、徐々に、引いていった。

水が無くなると、お堀の底がせり上がってくる。そして、十津川たちのいる場所と同じ高さで、止まった。

そこには、こわれた机や、テレビ、それにコンクリートの電柱と思われる円筒型の破片が、積まれている。つまり、それが、十五年前の阪神淡路大震災の再現なのだ。

その光景にかぶせて、別所が、また、話し始める。

「これが、あの時の、私のまわりの光景です。そして、二十五メートル先の、崩れ落ちたビルの瓦礫の下から、両親が、助けを求めていたのです。そちらにいらっしゃる皆さんの中の一人でも、二十五メートルの瓦礫と、噴き出してきた炎を、かいくぐって、こちらまで、来てくださるという方は、いらっしゃらないでしょうか？　お一人でもいいのです。勇を鼓して、こちら側に来ていただければ、私の復讐《ふくしゅう》の念が、決して、間違いではなかったことが、証明できるのです。あの時、私が、必死になって嘆願したのに、加藤夫妻は、自分たちの身が、大事だといって、私の両親を、助けてはくれませんでした。今、そちらにいらっしゃる新聞記者の方々、テレビ局の方々、その中の一人でも、こちら側に、来てくださることができれば、あの時、加藤夫妻が、脅えて、私の両親を助けてくれなかったのは、間違いだと、証明できるのです」

　そして、二十五メートルの空間のところどころから、炎が噴きあがった。

　さらに、別の声が、響いてくる。

「時間が経てば経つほど、火の勢いは、強くなっていくはずです。ですから、まだ火の勢いの、強くない今のうちに、一人でも、結構ですから、炎と煙の中に、飛び込んできてください。どなたでも構いません。こちらに向かって走ってきていただけませんか？　お願いします。お願いします」

　別所信介は、突然、ベランダに座り込むと、こちらに向かって土下座をした。

　それに合わせるように、隣りにいた太田和恵も、土下座をして頭を下げた。

　そんな二人を見て、マスコミの人間、二、三人が、バラバラと、噴き出している炎の中を、二十五メートル先にある城に向かって、走り出した。

しかし、走り出した記者たちも、たちまち、噴き出した熱風に、慌てて、引き返してきた。

炎が、さらに強くなっていく。

「この分だと、向こう側には誰も行けそうにありませんね」

と、亀井が、小声で、つぶやいた。

「誰だって、死にたくないさ」

と、十津川が、いった。

そのとき、突然、大地が、大きく揺れた。地震が起こったのだ。

6

十津川は、足をすくわれて、その場に、転倒した。

集まっていた新聞記者やテレビ局の局員、カメラマンたちの間からも、大きな悲鳴が上がり、その場に、転倒する者が続出した。

大地の揺れが、止まらない。

十津川は、立ち上がることができず、その場にしゃがみ込んだまま、城のほうに目をやった。

と、十津川は、思った。

何分間か、分からないが、しばらくの間、強い縦揺れが、続いてから、やっと、それが、止まった。

十津川は、ようやく、立ち上がることができた。

二十五メートル先にあった城が、崩れてしまっている。

別所信介と太田和恵の二人が、どうなってしまったのか、分からない。城が崩れ、二人が土下座をしていたベランダも、無くなってしまっていた。

炎と煙のほうは、依然として、続いている。

強烈な余震がやって来た。

「くそッ」

十津川が、叫び、倒れまいとして、踏ん張った。

大地に地割れが生じて、新聞社の車二台と、テレビ局の中継車一台が、後輪を、その地割れの中に落としてしまって、動けなくなっている。

「どうしますか！」

亀井が、怒鳴っている。

十津川は、崩れてしまった城に、目をやった。

（城が崩れていく）

「助けに行くぞ！」

と、十津川が、怒鳴った。

若い西本刑事と日下刑事が、噴き出す炎と煙の中に飛び込んでいったが、たちまち、炎に顔をやかれて、慌てて引き返してきた。

「行きましょう。警部！」

亀井も、怒鳴っている。

二人は、炎を避けるようにして、二十五メートルの幅の中に、飛び込んでいった。たちまち、炎と煙が、襲いかかってくる。

先に飛び込んでいった亀井の服に、火がついた。手で叩《はた》くが、それでは、到底、間に合わない。

十津川の服にも、火がついた。十津川は、手で叩くよりも先に、それを脱ぎ捨てた。ワイシャツも、脱ぐ。

上半身ハダカになって、十津川は、ひたすら走った。

亀井は、地面に、しゃがみ込んでしまっている。その手を、つかんで引き起こし、二人で走る。

二十五メートルを、やっと飛び越して、城の下までたどり着いた。

十津川と同じように、亀井も、上半身ハダカになっていた。しかし、それでも炎の勢いが強く、熱い。

息を大きく吐きながら、倒壊した城の建物に向かって、二人が叫んだ。

「無事か！」

「どこにいる？　生きているなら、返事をしろ！」

だが、答えがない。

十津川と亀井に続いてくる者は、一人もいなかった。

突然の地震に、別所信介が作った二十五メートルの、火炎装置の帯は、壊れることなく、むしろ逆に、徐々に火勢を増し、二十五メートルは、まさに、火炎のベルト地帯のようになってしまった。

これでは、もう誰も、向こう岸から、こちらに渡ってくることはできないだろう。

十津川は、覚悟を決めて、瓦礫《がれき》と化した城の中に入り、別所信介と、太田和恵の二人を探すことにした。

一緒に探す人間は、亀井しかいない。

二人は、足を、引きずるようにして、倒壊した城の中に、入っていった。

小さな余震が来る。バラバラと、壁や柱が崩れてくる。

「返事をしろ！」

十津川が、怒鳴った。

それに答えるように、かすかに男の声が聞こえた。

二人は、男の声がしたほうに向かって、歩いていった。

最初に手が見えた。

二人で、しゃがみ込み、男に覆いかぶさっているコンクリートの破片や木の板、倒れた石などを、どけていく。

全てが重くて、自由に動かない。それでも、二人は、作業を続けた。

手の次に、顔が、出てきた。

別所信介の顔だった。

額から、血が流れている。

「大丈夫か？　私は警視庁の十津川だ」

と、十津川が、声をかける。

「ええ、大丈夫です。息はできますが、両足が、全く、動きません」

と、別所が、いう。

どうやら、両足を、骨折してしまっているらしい。

亀井が、さらに、太田和恵を探す。

十津川は、別所に向かって、

「火をどうにかしないと、誰も助けには来てくれないぞ。火を止めるスイッチは、どこに、あるんだ？」

と、いった。

「地下室に、ありますが、地下はコンクリートが崩れて、埋まってしまっていますから、もうそこに行くことはできません。止めるのは無理です」

と、別所が、いう。

「それじゃあ、どうしたらいいんだ？　二十五メートルの幅の炎は、どうやって、止めることができるんだ？」

「大丈夫です」

と、別所が、いう。

「何が、大丈夫なんだ？」

「一時間経てば、自然と、消えるように設計していますから」

と、別所が、いった。

また、小さな余震。

「見つけましたよ、警部」

と、亀井が、怒鳴る。

近くの瓦礫の下から、太田和恵が、見つかったというのである。

ただ、彼女のほうも、瓦礫に押し潰《つぶ》されて、手足を骨折しているのか、動きが取れないという。

別所が、いっていたように、時間が経つにつれて、二十五メートルの幅の猛烈な火勢は、少しずつだが、弱くなっていった。

ふいに、頭上に、何機ものヘリコプターの音が、聞こえ出した。集まっている新聞記者たちの会社のヘリコプターが、駆けつけてきたらしい。

（これなら、二人とも、何とか、助かるかもしれないな）

十津川は、思った。

7

眼下に広がる君津の町も、何ヵ所か、火災が起きている。

（これでは、携帯を使って救急車を呼んだとしても、ここまでは、なかなか、来てくれないのではないか？）

十津川は、それでも、一応、一一九番することにした。

火災の中、余震が続いている。

それでも、十津川は、二十五メートルの火炎地帯が収まれば、救急車が、来てくれるだろうと、期待した。

ところが、一度、火が消えた二十五メートルの幅のところから、また突然、火が噴き出してきたのである。

途端に、こちらに来ようとしていた、新聞記者や西本、日下たちが、来られなくなってしまった。

「おい、気をつけろ。また炎が噴き出してきたぞ」

上半身を、壁にもたせかけている別所に向かって、十津川が、いった。

「それでいいんですよ」

「何がいいんだ？」

「いい忘れましたが、スイッチを、切らないと、一時間経つと、いったん火は、消えますが、五分後に、また、火が噴き出すようになっているのです」

「じゃあ、このままか」

「そうです」

「このままじゃ、救急車も、消防車も来られないぞ。病院にも行けないぞ。それでもいいのか？」

「構いません。しばらくは、こうしていたいのです」

と、別所が、いった。

「のどが渇きました。水が欲しい。ありませんか？」

「探して来よう」

と、亀井が、いった。

五、六分すると、亀井が、小さなバケツに、水を入れて戻ってきた。バケツごと、別所に渡す。

別所は、のどを鳴らしながら、それをうまそうに、飲んでから、近くで、同じようにしゃがみ込んでいる太田和恵にも、手渡した。

「カメさん、どこから水を汲《く》んできたんだ？」

十津川が、亀井に、きいた。

「水道管が破裂したらしくて、水が出ているところが、あったんです。そこから、汲んできただけです。とにかく、水は近くにありますから、死ぬようなことは、ありませんよ」

亀井が、笑った。

「これからどうするんだ？　救急車は、当分来ないぞ」

十津川が、別所を見た。

「構いませんよ。このままで、いいです」

「何がいいんだ？」

「それより、十津川さんは、あの炎の中を、こちらまで、来てくれたんですね？」

「私と、そこにいる亀井刑事が、こちらに来た。猛烈な炎のために、上着は全部、焼けてしまった。顔も炎にやられたらしくて、ヒリヒリする」

「お二人が来てくれて嬉《うれ》しいですよ。だって、私の主張の、正当性が、証明されたわけですからね」

と、別所が、いった。

「何が、証明されたんだ？」

「十五年前の大震災の時、私の両親は、瓦礫の下敷きになってしまって、動けず、必死に助けを求めていたんですよ。ただ、私と両親との間の二十五メートルの幅のところに、火事が起こり始めていたんです。その時、加藤夫妻が通りかかったので、私は、必死になって頼みましたよ。向こうで、瓦礫の下敷きになっていて動けない両親を、何とかして助けてください。そういって、何度も、お願いしたんです。ところが、加藤夫妻は、目の前に広がっていく火事を見て、飛び込んだら、自分たちが死んでしまう。とても無理だといって、逃げてしまったんですよ。

私は、ここに、その時と同じ状況を、作ったんです。二十五メートルの火炎の中を走ってきて、こちらに、来てくれれば、十五年前の大震災の時に、加藤夫妻が逃げたのは、あれは、私の両親を見殺しにしたんだと、証明されますからね。そうなれば、私が加藤夫妻を殺したのは、いわば正当な行為だということになるじゃありませんか？　そうでしょう、違いますか？」

「いや、それは、違うね」

十津川が、きっぱりと、いい返した。

「私と亀井刑事が、こちらに、たどり着けたのだって、偶然だよ。間一髪で死ぬところだったんだ。十五年前の神戸の大震災の時だって、同じだよ。君は、しきりに加藤夫妻が、君の両親を助けることができたのに、見殺しにした。だから、復讐《ふくしゅう》は正当だと、そういっているが、余震が続き、目の前が、火災になっていれば、誰だってためらってしまう。もし、加藤夫妻が、それでも、助けようとして炎に、巻かれて死んでしまったら、いったい、どうするんだ？　君が、加藤夫妻を、殺したことになるんだぞ。それでもなお、加藤夫妻を殺したことは、正しいことだと、君は主張するのか？殺された両親の仇《あだ》を、討ったんだと、そう、いい切れるのかね？」

十津川は、別所を睨《にら》むように見た。

「でも、十津川さんは、炎の中を突っ切って、こちらに、来てくれたじゃありませんか？」

別所が、いい返した。

「それは、私が、刑事だからだよ。亀井刑事も同じだ。私は、幸か不幸か、今、刑事という仕事に、就いている。刑事というのは、人を助ける仕事なんだ。危険を承知の上で、飛び込まなければならない任務というものがある。十五年前の大震災の時の、加藤夫妻は、単なる一市民だった。警官でもなかったし、救急隊員でもなかった。危険を冒してまで、人助けをする責任はなかったんだ。そのことが、君には、全く分かっていないね」

「じゃあ、十津川さんは、刑事でなければ、私や、そこにいる太田和恵を助けには来てくれなかったんですか？」

「それは分からない。だが、今もいったように、人間には、自分で選んだ職業というものがあるんだ。私のように、刑事だったり、あるいは、救急隊員だったりすれば、危険を冒してでも、人を、助けなければならない。なぜなら、そういう職業を、選んだからだよ。加藤夫妻には、危険を冒してまで、君の両親を、助けなければならない義務は、なかったんだ。それを、両親を助けてくれなかったという理由で、殺したのは、君の間違いだ。もちろん、正当でもないし、敵討ちでも、何でもない」

「しかし、十津川さんも亀井さんも、私たちを、助けに来てくれたんでしょう？　違うんですか？　あれは、単なる義務感ですか？」

「もちろん、助けに来た。今もいったように、人を助けるのが、私の仕事だからね。だが、同時に、私は、君たち犯人を、逮捕するのも仕事なんだ。だから、君たちを助けたが、同時に、君たちを、逮捕する」

と、十津川が、いった。

雨が降り出した。

8

雨が激しくなって、おかげで、二十五メートルの幅の火炎地帯から、火が消えた。救急車と消防車、それに、パトカーもやって来て、別所信介と、太田和恵の二人を、君津市内の、倒壊を免れた病院に、ひとまず、収容した。

十津川たちを驚かせた今回の地震は、東京湾岸地震と命名された。東京湾岸の都市、東京を中心として、横浜、川崎《かわさき》、千葉、君津などを、マグニチュード九・一の地震が襲い、三千人を超す死者と、五万人を超す負傷者、そして、二十万戸を超す全半壊家屋があった。

翌日からのニュースは、ほとんどが、東京湾岸地震に関連することであり、十津川たちが、別所信介と太田和恵を逮捕したことは、新聞の小さな記事にしか、載らなかった。

その後、一ヵ月ほどは、人々の口にも、地震のことしか上らなかった。何しろ、阪神淡路大震災を上回る大きな地震であり、甚大な被害を、もたらしたからである。

一ヵ月を過ぎたあたりから、ようやく地震以外の話題も、新聞やテレビが、取り上げるようになった。

君津市内の病院に、収容されていた別所信介と太田和恵の二人も、地震による負傷が癒《い》え、正式に、起訴されることになった。

公判が開かれると十津川は、検察側の証人として、出廷することになった。

公判が始まると、別所信介は、金にあかせて、実績のあるベテラン弁護士を、何人も雇い、自分と太田和恵の弁護に、当たらせることにした。

別所信介と太田和恵は、二人の男女を殺している。それも、何の罪もない中小企業の働き者の加藤夫妻を、である。

しかも、その殺し方が、残忍この上ない。二人をさんざん苦しめた末に、殺しているのである。

その上、動機というのが、十五年前の阪神淡路大震災の時に、自分の両親を、助けてくれなかったという、単に、それだけの、理由しかない。

当然、二人に、少なくとも、主犯格の別所信介には、死刑の判決が、下されるだろう。弁護団としては、有罪は覚悟しているが、少なくとも、死刑の判決だけは、回避したい。それが、弁護団の目標になっていた。

そのカギは、十津川の証言に、かかってしまった。

二十五メートルの距離、そこに、地震による瓦礫《がれき》が散らばり、小さな余震が続いていた。その上、火災が発生した。それでもなお、十津川は亀井と二人、二十五メートルの距離を走り、別所信介と太田和恵の二人を助けた。これは、紛れもない事実である。

それなら、十五年前の阪神淡路大震災の時も、加藤夫妻は、別所信介の両親を、助けることが、できたのではないのか？

だが、助けなかった。だから、別所信介が、加藤夫妻を恨んで、両親の復讐をしたとしても、その気持ちは、理解できる。

そうなれば、死刑はたぶん、なくなるだろう。

十津川は、証人として呼ばれている。自分の証言いかんで、別所信介と太田和恵が死刑になるか、あるいは、死刑を免れるかが決まってくる。そのことは、もちろん、十津川にも、十分に分かっている。だから、悩んだのだ。

しかし公判が近づくと、十津川は、事実だけを話そうと、決めた。

裁判が始まった。

通常の裁判の場合、警察官は、検事側に有利な証言者になるのだが、今回は、弁護側の尋問が続いた。

「あなたは、二十五メートル先の城が、地震によって、崩れたのを見て、瓦礫が散らばり、火災が起き始めた二十五メートルの距離をここにいる被告人を、助けに走ったのですね？」

「その通りです」

「怖くは、なかったですか？」

「もちろん、余震が続き、その上あの火の勢いですから、怖かったです」

「しかし、あなたは、火災が起きた二十五メートルを、走りました。それは、どうしてですか？」

「二十五メートル先の城が崩れ、そこにいた別所信介さんと、太田和恵さんが、その下敷きになってしまいました。何とかして二人を助けなければならない。そう、思ったから、走ったのです」

「それは、誰もが持つ、人命を大事にしたいという気持からではありませんか？」

「たしかに、そうですが、私の場合は、それに加えて、刑事としての使命感も、重なっています」

「そうなると、もし、刑事ではなかったら、助けには、走らなかったということですか？」

弁護人の一人が、意地の悪い質問をしてくる。

「それは分かりません。現に私は、刑事ですから」

「二年前、あなたは非番の時に、一人で旅行に行かれましたね？」

「ええ、行きました」

「行き先は長野でした。その時、あなたは、飯田《いいだ》線の無人駅で、ホームから、線路に落ちた老人を、助けましたね？　覚えておられますか？」

「ええ、そのことでしたら、今でも覚えていますが」

「その時、列車が、ホームに入ってくる寸前でした。それなのに、あなたは線路に飛び降りて、老人を助けました。そのことは、当時の新聞にも、大きく出ていますが、怖くはなかったのですか？」

「いや、あの時は夢中でしたから、怖さを感じる暇はありませんでした」

「その時も、自分は刑事だから、危険な目に遭っている人を、助けなければと思って、線路に飛びおりたんですか？」

「いや、正直いって、刑事であることは忘れていました」

「ということは、あなたは、刑事ではなく、一人の人間として、老人を助けた。つまり、そういうことですか？」

「そうかも知れません」

「あなたは、自分は、特別な人間だと、思いますか？」

「特別とは思いません。普通の人間です。平凡な一人の市民ですよ。しかし、もし、線路に、飛び降りて助ける人がいなくても、それを責めることは、できません。そうした気持は――」

十津川が、言葉を続けようとすると、弁護人は、

「これで尋問を終わります」

と、いい、すっぱりと、十津川の証言を断ち切ってしまった。

9

「弁護人は、私たちの行動を利用するつもりですよ」

と、忌々しげに、亀井が、いった。

「そうだろうね」

「私は、あの弁護人の言葉を、聞いて、正直なところ、むっとしましたが、警部は腹が立ちませんか？」

「私だって、腹が立ったよ。彼らは、自分たちの正当性にしか、目を向けようとしていない。もっと、考えなくてはならない事が、あるんだよ」

「それは、何ですか？」

「阪神淡路大震災の時、加藤夫妻は、二十五メートルの距離のために、別所信介の両

親を助けることができなかった。おそらく、そのことを死ぬまで悔やんでいたに違いない。別所にいったとおり、本当に、その光景を忘れられなかった筈《はず》だよ。旅行前に、ジャパントラベルに手紙を出したのも、加藤夫妻で、二人はきちんと、過去に向かい合おうとしたんだろう。しかし、死んでしまったので、その気持を、もう口にも行動にもできない。それを、別所たちも、弁護士も考えていない」

本書は二〇一三年十二月、中公文庫より刊行されました。

本作品はフィクションです。実在のいかなる組織、個人とも、一切関わりのないことを付記します。（編集部）

神戸《こうべ》25メートルの絶望《ぜつぼう》

西《にし》村《むら》京《きょう》太《た》郎《ろう》

令和３年　５月25日　初版発行

発行者●堀内大示

発行●株式会社KADOKAWA
〒102-8177　東京都千代田区富士見2-13-3
電話　0570-002-301(ナビダイヤル)

角川文庫 22670

印刷所●株式会社暁印刷
製本所●株式会社ビルディング・ブックセンター

表紙画●和田三造

ISBN 978-4-04-111327-1　C0193

角川文庫発刊に際して

角川源義

第二次世界大戦の敗北は、軍事力の敗北であった以上に、私たちの若い文化力の敗退であった。私たちの文化が戦争に対して如何に無力であり、単なるあだ花に過ぎなかったかを、私たちは身を以て体験し痛感した。西洋近代文化の摂取にとって、明治以後八十年の歳月は決して短かすぎたとは言えない。にもかかわらず、近代文化の伝統を確立し、自由な批判と柔軟な良識に富む文化層として自らを形成することに私たちは失敗して来た。そしてこれは、各層への文化の普及滲透を任務とする出版人の責任でもあった。

一九四五年以来、私たちは再び振出しに戻り、第一歩から踏み出すことを余儀なくされた。これは大きな不幸ではあるが、反面、これまでの混沌・未熟・歪曲の中にあった我が国の文化に秩序と確たる基礎を齎らすためには絶好の機会でもある。角川書店は、このような祖国の文化的危機にあたり、微力をも顧みず再建の礎石たるべき抱負と決意とをもって出発したが、ここに創立以来の念願を果すべく角川文庫を発刊する。これまで刊行されたあらゆる全集叢書文庫類の長所と短所とを検討し、古今東西の不朽の典籍を、良心的編集のもとに、廉価に、そして書架にふさわしい美本として、多くのひとびとに提供しようとする。しかし私たちは徒らに百科全書的な知識のジレッタントを作ることを目的とせず、あくまで祖国の文化に秩序と再建への道を示し、この文庫を角川書店の栄ある事業として、今後永久に継続発展せしめ、学芸と教養との殿堂として大成せんことを期したい。多くの読書子の愛情ある忠言と支持とによって、この希望と抱負とを完遂せしめられんことを願う。

一九四九年五月三日

角川文庫ベストセラー

角川文庫ベストセラー